從論述角度探析
廣電新聞訪問者的現實與理想

江靜之・著

目　次

「本書接受世新大學補助」

第一章　前言

　　新聞訪問（news interview）是記者蒐集新聞報導材料的具體方法，也是現代新聞工作的基礎（Schudson, 1994）。在新聞訪問中，通常由記者擔任訪問者角色，向受訪者提問，訪問雙方依一問一答的方式進行互動，是典型的「機構談話」（institutional talk）（Heritage, 1985; Heritage & Greatbatch, 1993; Drew & Heritage, 1992），也涉及記者的專業化及身分認同（Ekström, 2006: 26）。

　　Ekström（2006：24）指出，訪問的建制化（institutionalization）是新聞建制的重要部分，因為「訪問」賦予記者問問題的合法地位，讓他／她有權代表閱聽人向他人（尤其是政治人物）提問，界定了記者（訪問者）、受訪者及閱聽人三者間的關係。現今社會將新聞訪問視為理所當然的活動，常忽略記者的角色及權力並非與生俱來，而是歷時演化的結果。

　　而廣電媒體更將以往隱身於新聞之後的訪問活動推到台前，再加上各式廣電媒體訪問，助長了「訪問社會」（an Interview Society）的產生——訪問成了現代人理解及形塑自我的重要技術（Atkinson & Silverman, 1997）。尤其廣電新聞訪問已然成為向閱聽人展示的表演（Heritage, 1985; Garrison, 1992: 191-192），訪問者也一躍成為新聞訪問或故事的一部份（Biagi, 1986: 104; Garrison, 1992: 192）。換言之，廣電新聞訪問者利用訪問向受訪者索取資訊的同時，也向

閱聽人（包括新聞訪問雙方）展現新聞訪問者、新聞訪問及機構的應有樣貌，影響閱聽人對新聞工作（者）的想像、期待與評價，對現代新聞工作有極為重要的意義。

　　自一九九〇年代開始有越來越多的研究者以廣電新聞訪問為研究對象，探析廣電新聞訪問的互動結構及文類特質（如 Bell & van Leeuwen, 1994; Clayman & Heritage, 2002; Heritage & Greatbatch, 1993）、研究訪問者如何在訪問中透過語言建立自己及受訪者的身分定位（如 Clayman, 2002; Fairclough, 1995 ; Greatbatch, 1998; Heritage & Roth, 1995; Nielsen, 2006; Roth, 1998）、分析訪問者的提問策略及訪問雙方的權力關係（如 Clayman & Heritage, 2002），以及在語言使用上如何配合廣電媒介特質提高閱聽人的涉入（如 Scannell, 1996; Fairclough, 1998）。反觀國內，討論新聞訪問的論文為數不多，而且大部分偏重記者與消息來源的私下訪問（如翁維薇、臧國仁 & 鍾蔚文，2007；葉方珣，2007；蘇惠君 & 臧國仁，2007），聚焦於廣電新聞訪問之研究可說是屈指可數（如江靜之，2003、2005；俞明瑤，2003）。

　　本書主要承繼「機構談話研究」領域裡的廣電新聞訪問研究，將廣電新聞訪問視為一種機構談話，進行討論及研究。本書第二章將詳細介紹機構談話研究，這裡我們只做必要的介紹。簡單來說，機構談話研究是從「論述觀點」出發，研究機構談話參與者如何使用語言，執行機構活動或任務，以及在口語談話中顯現之機構認同傾向（Drew & Sorjonen, 1997）。尤其從對話分析（Conversation Analysis）的角度來看，「機構談話」不但與「機構」的建構息息相關，機構談話參與者（如廣電新聞訪問者）的機構認同傾向更是在談話過程中展現與建構（Hutchby & Wooffitt, 1999: 4）。

　　本書認為「機構談話研究」是研究廣電新聞訪問的最佳角度，理由有二：第一，「語言」是廣電新聞訪問者執行工作最重要的資源，而機構談話研究從論述觀點出發，分析機構談話參與者如何使用語言執行機構任務，以及展現何種機構認同傾向，正提供我們從「使用的語言」切入，研究廣電新聞訪問「機構特質」的機會；第二，「談話」具有聲音及語言等「物質性」，將研究焦點放在語言使用上，讓我們有具體的面向——語言，討論廣電新聞訪問者表現及改變的可能。同時，本書第三章也將詳細說明如何從廣電新聞訪問者的使用語言進行研究。

　　最後，本書將討論焦點放在廣電新聞訪問者身上，因為訪問者是新聞機構的代表，且擁有比受訪者更大的權力，包括：瞭解新聞訪問要達成的機構目標和訪問程序等（Drew & Heritage, 1992; Heritage, 1997）、掌控訪問的時間與進程（Clayman, 1989）、可設計訪問主題、訪問方向與受訪者身份（Bell & van Leeuwen, 1994; Clayman, 1991; Clayman & Heritage, 2002; Roth, 1998），以及判斷受訪者答案是否足夠或正確（Barone & Switzer, 1995）等。因此，本書之後將從論述角度出發，探析三個重要議題包括：訪問者如何實踐公眾想像（第四章）、如何傾聽（第五章），以及如何將受訪者當成獨特個人，做好新聞訪問（第六章）。

　　透過實際個案分析，本書期能提供從實際語言使用著手，瞭解、探究廣電新聞訪問活動之法，進一步探問訪問者如何增進訪問技藝及能力。本書希望藉此開啟更多討論，為新聞訪問的實務工作奠定更深厚的理論基礎。

第二章　從論述分析看廣電新聞訪問

　　「機構談話」（institutional talk）是指與工作有關（task-related）的談話。用學術語言來定義它，即為「參與談話者至少有一位代表正式機構。其角色與談話形式有密切關係，且具一定模式」（Heritage, 1985; Heritage & Greatbatch, 1993; Drew & Heritage, 1992）。從這個角度來看，廣電新聞訪問當然是一種機構談話，因為在此談話中，新聞訪問者代表正式新聞機構，負責向受訪者提問，且整體訪問具備「問題－回答－下一個問題」的固定接話順序（Schudson, 1994）。

　　一九八〇年代興起之機構談話研究領域從「論述觀點」出發，專門研究機構談話參與者如何使用語言，執行機構活動或任務，且在口語談話中顯現何種機構認同傾向（Drew & Sorjonen, 1997）。這樣的研究在當代更為重要，Hutchby 與 Wooffitt（1999）指出兩個理由：第一，在現代社會中，人們花很多時間在機構與組織環境中，而談話（talk）（例如新聞訪問）又是其中一個主要活動，所以機構場景提供我們了解談話在社會生活中扮演的關鍵角色；第二，從對話分析（conversation analysis）的角度來看，機構談話（例如新聞訪問）跟「機構」（例如新聞機構）的建構息息相關。

　　因此，本章先介紹研究機構談話的論述分析取徑，接著針對廣電新聞訪問，選取對話分析及批判論述分析研究，說明其如何研究

機構談話及與廣電新聞訪問有關之研究成果。最後，本章提出未來
機構談話研究之思考方向。

壹、論述轉向（the discursive turn）與論述分析

　　之前提及機構談話研究者主要採論述觀點進行研究，但什麼是
論述觀點？簡單來說，它承繼二十世紀初的「語言轉向」（linguistic
turn）[1]，大幅翻轉語言為反映外在客觀現象的傳統看法，一路從語
言結構、眾聲喧譁的文本對話到語言的行動力（鍾蔚文，2004），
讓「語言」走出抽象語言系統，邁入日常生活成為「言談」
（utterance）。

　　Potter 與 Wetherell（1987）指出「言談」具建構真實的力量。
亦即當人們運用各種語言資源敘述事件，對現象進行理解時便自然
產生「建構的真實」，但這不一定是人們「刻意」或「有意圖的」
（p. 34）。換言之，「言談」是談話參與者在情境中使用語言資源之
行動，具影響力且可建構真實。

　　而當研究者將關注點從抽象的「語言」轉移至情境中的「言談」
時，其研究焦點也有三個重要的轉變：第一，從區分言談與行動到
強調言談就是行動；第二，從視談話為通往外在事件或實體的通
道，忽略它的存在，到強調談話本身就是值得研究的事件；第三，

---

[1]　對於「語言轉向」，有人認為是起於 Saussure 符號學理論，但也有人認為是
　　源自於 Austin 所提的「語言為行動」的英美分析哲學（analytic philosophy）
　　（Chapman, 2000）。

從視變異（variability）為反常到考量情境，視變異為正常，學會尊重差異（Wood & Kroger, 2000: 4）。進一步，它影響社會學、心理學等傳統學門，衍生出各種「論述分析」（discourse analysis）取徑，包括對話分析（conversation analysis）、批判論述分析（critical discourse analysis）與論述心理學（discursive psychology）等，同時為機構談話研究開闢新的天地。

　　不同論述分析取徑匯集至機構談話研究領域（McHoul & Rapley, 2001; Stubbe et al., 2003）。它們關切語言的社會意義，強調從實際言談資料探究社會秩序（Beaugrande, 2002），提供研究者具體方式探究機構結構及關係形成之社會建構過程（Iedema & Wodak, 1999）。從論述分析角度來看，機構結構及關係是在行動中形成與改變，是一種動態的生成過程，而非存於行動之外，是限制行動的來源。此主張截然不同於傳統社會學視行動與結構為對立兩造的看法。[2]

　　然而，我們又不可以為「論述分析」是一組統一的理論及分析工具（鍾蔚文，2004; Burman & Parker, 1993; Potter, 1997），因為

---

[2]　在社會學理論中也有將結構與能動性視為一體兩面者，如 Giddens 的結構化理論（theory of structuration）將結構（客體、社會）／能動性（主體、具有認知能力的行動者）的二元論（dualism），重新建構為結構二重性（duality）（Giddens, 1984／李康、李猛譯，2002）。Giddens（1984／李康、李猛譯，2002）將慣例（routine）的再製歸因於行動者對本體安全感（ontological security）的需要，但論述分析卻著眼於言談、論述的建構力、反身性（reflexivity）與物質性。雖然不同論述分析取徑對於再製慣例之原因有不同看法，如批判論述分析著重於論述的反身性與物質性，對話分析傾向將慣例視為社會行動者對溝通及理解的需要。但本書認為，與 Giddens 回歸到行動者個人心理層次相比，論述分析提供我們一個更具體，且同時具備社會與個人面向的「論述」角度進行研究。

「論述分析」涉及如語言學、認知心裡學、社會語言學及後結構主義等領域，不同論述分析取徑有不同研究旨趣、理論、研究工具及方式。本書以下針對機構談話研究，參考 Woodilla（1998）及 McHoul 與 Rapley（2001）後，挑選出四個與機構談話研究有關的論述分析取徑：語用學（pragmatic linguistics）、論述心理學（discursive psychology）、對話分析（conversation analysis）及批判論述分析（critical discourse analysis），分別進行介紹。

一、語用學取徑

有別以往認為語言必然指涉某物或某概念，專注於意義真偽問題的主張，語用學承繼語言哲學傳統而來，著重言談（語言使用）之意義，研究情境中的語言溝通。亦即它關心的並非語言特徵，而是語言的社會功能，強調存於語言之外的所有情境因素，核心概念包括 Austin（1962）提出的「言語行動理論」（speech act theory）[3]與 Grice（1975）的對話邏輯（logic of conversation）[4]等（Blum-Kulka, 1997; Wood & Kroger, 2000; Chapman, 2000; Verschueren, 1999）。

---

[3] Austin（1962）在 *How to Do Things with Words* 中，強調語言有時便是一種行動（performatives），人們會使用語言來做事，而陳述事實只是語言使用的其中一項。其將意義分為「話語」（locution）、「言為」（illocution）與「言效」（perlocution）三個層次。

[4] Grice 提出對話含意（conversational implicature）與合作原則（the Cooperative Principle）。後者包括四個玉律（maxims）：數量（quantity）、品質（quality）、相關性（relevance）與方式（manner）。

　　語用學的主要貢獻在於指出對話具有目的性，是經由人們的言談合作建構而成，而意義則由某些語用原則創造而成。故其主要描繪那些讓口語互動有意義的前提條件，提供我們理解行動者如何共同達成目標的理論架構，而非提出一個可運用的實證研究模式（Svennevig, 1999）。不過，由於早期語用學研究（特別是「言語行動理論」）偏重於單一去情境的言談（isolated utterances），因此被批評不夠重視情境（尤其是較鉅觀的當下境況及社會文化情境）在溝通過程中扮演的角色，而產生「去情境化」（decontextualized）的結果（Drew & Heritage, 1992）。Chapman（2000：139-140）便指出，Austin 與 Grice 皆以一兩個簡短、建構好的言談當作例子，並未考慮涉及真實語言使用者的真正交換行為，故 Austin 的言談行動理論無法解釋較長的論述，Grice 也只提供簡短的陳述或是之前的單一言談作為情境，對情境的關照過於狹隘。

　　對此，有學者認為簡化是必要的，因為唯有如此才能陳述語言使用的系統性，但也有學者認為 Austin 與 Grice 的做法不適當，因為如此實無法了解真實世界的語言使用，如對話分析便主張語言使用是由一連串互動所構成，只能以整體來分析，不能個別言之（Chapman，2000：140）。而針對機構談話研究，Woodilla（1998）認為雖然從語用學出發可將焦點置於情境化（situated）語言實踐，有系統地連結行動者意圖、語言使用與觀察行動，但研究者可能因為將大部分注意力放在言者身上，而忽略聽者的貢獻及對話的動態。

　　不過，語用學發展至今已漸將研究重心置於論述，改以發展語言使用及社會文化情境關係理論為目標（Blum-Kulka, 1997）。

本書也認為語用學取徑開啟了「語言作用」之門，從功能觀點切入，並且帶入情境概念，將原本抽象的語言問題轉化成實際溝通的實踐問題。語言自此成為人們遂行溝通目的之工具和資源，意義浮現於情境、慣例（如合作原則）、言者意圖以及語言實踐之中。

二、論述心理學

論述心理學由 Potter 與 Wetherell（1987）提出，但一直到 Edwards 與 Potter（1992）才使用論述心理學一詞，並提出論述行動模式（Discursive Action Model）（Edwards & Potter, 1992; Wood & Kroger, 2000: 195）。此取徑主要受語言哲學（強調知識與語言使用之關係）、Barthes, Derrida 等後結構主義（主張文本具建構真實之本質）及俗民學方法論（ethnomethodology）和對話分析等影響（Horton-Salway, 2001），從根本上挑戰傳統心理學。

傳統心理學研究主要探究外在於語言及情境，為人所共享的抽象、普同的心理結構，但論述心理學卻關注這心理結構如何在論述中被建構起來（Potter & Wetherell, 1987; Edwards & Potter, 1992; Harre & Stearns, 1995; Wood & Kroger, 2000; Edwards & Potter, 2001; Horton-Salway, 2001）。因為對論述心理學研究者來說，「論述」是情境中的語言使用（situated language use）（Jørgensen & Phillips, 2002: 97），不但具有建構真實的本質，也具備功能及變異性（variation）（Potter & Wetherell, 1987）。亦即論述不再是反映人們

心理狀態或外在真實的鏡子，而是人們用來建構心理狀態或真實的工具（Wood & Kroger, 2000: 112-116）。

因此，論述心理學研究者分析人們的日常實踐，研究情境中的行動（situated action），探究「心理」及「真實」如何在互動中產生，以及談話參與者如何在互動中處理各種心理與真實概念，為傳統心理學研究帶來不同觀點及可能性（Edwards & Potter, 1992; Edwards & Potter, 2001; Edwards & Potter, 2005: 242; Hepburn & Wiggins, 2005: 595; JØrgensen & Phillips, 2002; Potter, 2000: 35; Potter, Edwards, & Wetherell, 1993; Wooffitt, 2005）。整體而言，論述心理學對傳統心理學的研究主題有三種研究方式：第一，將心理學關注的主題如記憶與歸因視為一種論述實踐予以研究；第二，分析一般常識使用的心理字彙，如「知道」、「嫉妒」、「覺得」等，分析它們如何在情境中被使用；第三，檢視論述，看某些與心理有關的題材如能動性、信念或偏見等，如何透過語言敘述建立（Edwards & Potter, 2005: 241-242）。

在研究方法上，論述心理學不像傳統心理學假設受訪者的答案背後有一個穩定的心理結構或因素，可以透過去情境（或控制情境）的實驗法或問卷調查得知（Potter, 2000: 33; Wooffitt, 2005）。反之，它將所有心理機制及現象視為情境中的活動，希望取得實際情境中發生的互動資料（如發生在機構組織內的談話或學術研究訪談），分析談話參與者「如何」使用語言建構「什麼」意義，並用之來「作什麼」（Horton-Salway, 2001）。舉例來說，Horton-Salway（2001）分析「肌痛性腦脊髓炎」（M. E.）患者生病前後的談話，研究患者如何建構各種身／心類目、認同與自我、以及用語言作何事。她指

出「認同」含有特殊的互動目的，是談話參與者在對話情境中共同
協商、建構而成。亦即患者所言絕非反映其認同或內在經驗，而是
因應當下互動而採取的論述行動。

　　雖然論述心理學受俗民學方法論及對話分析研究之影響，研究
者多將情境聚焦於文本構成的「語境」，但這不表示論述心理學便
拒絕鉅觀層次的情境概念。在論述心理學中，也有研究者採取後結
構主義觀點，主張人們的理解及認同都是由論述創造及改變，因此
著重於鉅觀論述分析（Jørgensen & Phillips, 2002: 104-105）。當然，
也有學者如 Potter 與 Wetherell 融合上述兩種觀點，視論述為可取
用的釋義資源（interpretative repertoires），一方面研究文本及談話
如何為人們所用，另一方面也分析人們於實踐中取用的論述資源
（Jørgensen & Phillips, 2002: 105）。

　　此外，論述心理學研究也著重文本或談話之「語藝組織」
（rhetorical organization）分析（Jørgensen & Phillips, 2002: 112-113;
Stubbe, et al., 2003: 375），因為論述心理學強調所有論述行動皆非
獨立存在，而是發生於活動序列（activity sequences）之中，涉及
責難、責任、獎賞等人際或跨團體議題。即使是「記憶」，Edwards
與 Potter（1992）指出，它也不是單獨存在與平靜的回憶，而是依
照溝通當下的功能關懷重新被建構而成（p. 24），是關乎溝通行動
及利益（interests）的論述。以以下對話為例：

　　媽媽：「衣服在哪裡？」
　　小孩：「我不知道。」

在上例中，小孩說「我不知道」不只表達他「不知道（衣服在哪裡）」的認知狀態，更重要的是，它展現小孩對「衣服在哪裡」的漠不關心（Edwards & Potter, 2005: 245-246），或是以「不知道」來轉移責任。論述心理學特別關心涉及利害關係的兩難（dilemmas of stake），所以它也研究人們如何使用語言建立真實性與穩定性、賦予能動性或責任，以及如何削弱、對抗其他說法（Potter, Edwards, & Wetherell, 1993; Beattie & Doherty, 1995; Jørgensen & Phillips, 2002: 112-113）。

最後值得注意的是，我們不能將論述心理學降至個人心理層次來作討論，理由有二：第一，言者不一定對其談話掌有絕對控制權（如談話意義隨時可能因為談話互動而改變）；第二，言者在言談中建構的能動者（agents）或實體心理不一定與其組成心理基礎的單一主體（unitary subjects）有關（Edwards & Potter , 1992），因為從論述心理學的角度來看，自我（self）是由多重論述所建構之多種認同所構成（Jørgensen & Phillips, 2002: 109）。

三、對話分析

對話分析承繼俗民學方法論傳統，強調從當事人觀點研究社會成員相互理解之過程。從對話分析角度來看，「社會結構」是一種傳統條件（conventional constraints），是人們為了彼此理解，依每日經驗創造和再製出來的模式（Zimmerman & Boden, 1993）。故日常談話的互動模式是一種情境化的社會互動（Hutchby & Wooffitt, 1999: 4），須從談話互動中去發掘及理解。

　　對話分析聚焦於社會成員的日常互動談話（talk-in-interaction），相信社會規範及秩序是在談話者的談話互動中浮現，因此將研究重點放在談話順序（如語對，adjacency pairs）與發言輪換（turn-taking）等，從微觀（locally）探究社會互動原則（Drew & Heritage, 1992; Woodilla, 1998；Zimmerman & Boden, 1993；Hutchby & Wooffitt, 1999；Titscher, Meyer, Wodak, & Vetter, 2000）。

　　之所以強調從「微觀」談話互動探究社會互動原則，因為對話分析研究者主張「談話」既「受情境形塑」（context shaped）也同時「更新情境」（context renewing），具備雙重情境特質（Heritage, 1984）。以我們習以為常的日常打招呼來說：

　　A：你好嗎？
　　B：好。你呢？
　　A：還不錯。

　　B 說：「好。你呢？」主要回應 A 上一刻的談話：「你好嗎？」，受 A 之前談話的影響（亦即「受情境形塑」），但其同時也成為 A 下一刻談話：「還不錯」的情境（意即「更新情境」）。對話分析相信社會互動原則是在談話互動中逐漸形成，而且隨時可能因互動產生局部、微觀的變異（ten Have, 1999）。同樣以 A、B 打招呼為例，若 B 只說：「好」而未進一步問候 A，或許 A 便不會回應：「還不錯」，而是以「再見」結束談話。

　　由於對話分析研究者認為社會規則是在談話互動中浮現，故其主張錄音或錄影記錄無研究干擾的「自然情境」對話，再以細緻的

過錄符號標示所有口語和非口語的互動細節（Pomerantz & Fehr, 1997; Psathas, 1995; Hutchby & Wooffitt, 1999），讓研究者和讀者可以反覆觀看及研究。而且，對話分析強調研究者的解釋須有實際談話資料作依據，不能直接帶入想當然爾的研究關懷與理論視角（Schegloff, 1993; Wilson, 1993），使理論蒙蔽了對資料的觀察與分析（Psathas, 1995b; Schegloff, 1997）。同樣以打招呼為例，要理解 A 說：「你好嗎？」之意義，研究者須從 B 的回應：「好。你呢？」判斷，方知 B 將 A 所言理解為「打招呼」。經過詳細過錄、標示的互動資料正是研究者瞭解談話參與者相互理解的最佳資源（Wooffitt, 2005: 33）。

　　除了以日常談話互動為研究對象，有些研究者也聚焦於像廣電新聞訪問、醫病溝通等機構談話，探究機構談話之普遍特質，或結合批判觀點（如批判論述分析或女性主義觀點）研究機構互動的限制（ten Have, 1999）。本章之後將詳細說明機構談話之對話分析研究。

四、批判論述分析

　　批判論述分析主要受批判語言學（critical linguist）、西方馬克斯主義（如 Gramsci 與 Althusser）、法蘭克福學派、Foucault 及 Bakhtin 等影響。「批判」一詞首先點出批判論述分析之研究旨趣是批判、解放的，亦即研究者懷抱推動社會變遷的使命感（Fairclough & Wodak, 1997; Fairclough, 2001b），關心論述（discourse）裡隱含的

優勢意識型態，欲透過分析精確指出優勢意識型態如何藉由語言建立（Fairclough, 1989; Ohara, 2002: 273-274）。

但何謂「論述」？批判論述分析大將 van Dijk（2001: 98）將之定義為廣義的溝通事件（communicative event），包含對話互動、書寫文本、姿勢及表達意義的多媒體等；Fairclough（1995）則視論述為「從某觀點再現一個既存社會實踐之語言使用」（p. 56），是內含定位的各種社會生活再現（representations of social life）。不同定位的社會行動者，其「看見」及再現社會生活之方式便有所不同（Fairclough, 2001: 123），如老師、學生及家長擁有不同的教育論述。

整體而言，批判論述分析研究者視論述（discourse）為一種社會實踐（social practice）形式，認為論述與社會文化有相互辯證的關係，亦即論述既受社會文化的影響，也再製、改變社會文化（Fairclough & Wodak, 1997; Titscher, Meyer, Wodak, & Vetter, 2000; Fairclough, 2001）。只是，雖然具備共同研究關懷及目的，但批判論述分析研究者對於是否納入歷史觀、強調文本多功能的程度、著重論述之再製或革新力量，以及文本和社會的中介為何等並無一致看法（Wood & Kroger, 2000）。如 van Dijk 認為社會[5]是透過行動者之社會認知才對文本造成影響，Fairclough 則主張論述秩序（order of discourse）[6]中介了社會與文本（Fairclough & Wodak, 1997; Fairclough, 2001a）。

---

[5]　van Dijk（2001: 98）所指「社會」包括微觀的面對面互動結構及鉅觀的社會政治結構。

[6]　Fairclough 的「論述秩序」概念主要來自 Foucault（1984），意指文類（genres）

　　上述差異也凸顯批判論述分析並非一套既定的分析方式。van Dijk（2001: 98）認為執行批判論述研究須先對某個社會議題進行理論分析，再依研究需要選擇分析的論述及社會結構，再考量學術研究情境，挑選具體的研究方法。Fairclough 則建議研究者將焦點放在具重要符號面向的社會問題上，透過分析「論述」、「論述與其他面向的關係」，以及「社會問題的實踐網絡」，瞭解需要處理的障礙後，提出克服障礙的可能方式，同時批判反思自己的研究（Chouliaraki & Fairclough, 1999; Fairclough, 2001c）。

　　雖然沒有一套放諸四海皆準的研究步驟，但在文本分析上，因為小從單字音調大至整個文本結構及話輪轉換組織皆可分析（Fairclough, 1989, 1992），在有限的研究資源及篇幅限制下，van Dijk（2001: 99）建議研究者依研究問題選擇最相關的分析層次。而本書第三章將針對廣電新聞訪問研究進行深入說明。

　　不過，言談互動等文本資料只能回答論述相關問題，對於批判論述分析關心的社會結構及權力問題，研究者還得跨出文本尋找如互文性（intertextuality）及社會文化知識等情境資料（Titscher, Meyer, Wodak, & Vetter, 2000）。Fairclough（1995a: 212-213, 1995b, 1998）認為研究者應蒐集各種情境知識，包括產製過程、相關論述與文化背景等，培養研究經驗和敏感度以建構論述秩序。van Dijk（1988: 112-113）研究報社記者之社會認知模式時也採用參與觀察法蒐集記者筆記、組織流程及慣例等資料。

與論述的結構化配置。此結構化配置與既存的社會領域相連，如學校的論述秩序（Fairclough, 1998: 145）。

最後，批判論述分析研究者正視自己在研究過程中同時面臨的兩種情境，一是研究者自己的研究目的、問題及讀者期待等，二是被研究者身處之社會情境（van Dijk, 2001: 106），且明白指出自己的研究立場和使命，了解其研究結果並非最後結論（Titscher, Meyer, Wodak, & Vetter, 2000: 163-164）。Wodak 與 Ludwig（1999: 12）便指出批判論述分析的「批判」二字，一方面意指其否認簡化的二元對立主張，欲凸顯社會複雜性，讓結構衝突透明化，另一方面也指出研究者自我反思的必要性。

貳、廣電新聞訪問之機構談話研究

本書主要探討廣電新聞訪問研究，故以下挑選對話分析及批判論述分析之機構談話研究，進行詳細說明，因為此二者在廣電新聞訪問相關研究上成果較豐。

一、對話分析之機構談話研究

從對話分析角度來看，「機構談話」不但與機構建制息息相關，也展現、建構了機構談話參與者的機構認同（identity）（Hutchby & Wooffitt, 1999: 4）。在此，「認同」不再是抽象的心理概念，而是在談話互動情境中浮現的要素，機構認同也不例外。Zimmerman（1998）曾區分幾種認同：一是和對話組織活動有關的論述認同

（discourse identities），其存於每刻談話互動當下，如發話者／受話者、提問者／回答者；二是在特殊情境中相對穩定的情境認同（situated identities），如新聞訪問者與受訪者；三是跨越個別情境的可移式認同（transportable identities），如性別或新聞記者的認同等（Zimmerman, 1998；Wooffitt & Clark, 1998）。

對對話分析來說，機構談話背後的「機構結構」是：（1）隨某個認同而來的對話機制，如提問者擁有問問題資源；（2）隨論述認同而來的情境認同。如「新聞訪問者」情境認同是訪問者在每個實際訪問互動中實踐「問問題」，完成每個「提問者」論述認同後形成；（3）重複出現在談話互動中的應然傾向，如一直以來都是新聞訪問者問問題，受訪者回答問題，此一問一答的互動模式形成了新聞訪問雙方的解釋基模（Zimmerman & Boden, 1993: 13）。換言之，機構結構並非強迫機構談話參與者遵守的外在「規定」，而是談話參與者彼此談話回應的過程。含有機構認同的機構結構是在連串微觀談話過程中逐漸浮現及改變。

但談話者是如何開始最初的機構談話互動？從對話分析角度來看，日常對話提供機構談話參與者談話互動的組織資源（generic organization），如發言輪換、語序（sequence）、修補（repair）及言談交換系統（speech-exchange system）等。機構談話參與者視機構情境的需要汲取日常談話資源，在機構談話中表現出適當的言談行動，進而展現出一定的談話組織模式（或說談話結構傾向）（Heritage, 1997; Schegloff, 1999）。因此，對話分析研究者便以日常對話為基礎，對照分析機構談話。若機構談話互動展現出某種結

構傾向，不像日常對話有自由變化的空間，[7]研究者便能確認機構情境的存在（Drew & Heritage, 1992; Zimmerman & Boden, 1993; Drew & Heritage, 1992; Drew & Sorjonen, 1997; Hutchby & Wooffitt, 1999; Arminen, 2000）。

　　對話分析強調研究者之理解及證據皆應來自實際機構談話資料，亦即只有當談話資料顯示出某種結構傾向時，研究者才能宣稱機構情境的存在。不過，對話分析過於強調文本資料的做法也引發不少批評，如 van Dijk、Gruber、Cicourel 等人（轉引自 Titscher, Meyer, Wodak, & Vetter, 2000：113）、Stokoe & Smithson（2001）與 Ehrlich（2002）皆認為此舉無異緣木求魚，理由有三：一、研究者在理解文本時無法避免將其背景或情境知識投射至文本；二、研究者不可能清楚劃分文本與其他影響來源（如其前提假設等）；三、並非所有談話者使用的類目或預設都可以從談話資料中獲得。尤其在機構談話中，Arminen（2000）指出，即使談話者的談話互動可能類似日常對話，但這些談話互動還是會因機構情境和認同而有不同意義，對話分析研究者不應忽略那些存於談話之外與機構活動有關的情境知識。

　　不過，深入對話分析文獻可知，對話分析並非要求研究者完全捨棄他／她的文化語言知識（Psathas, 1995b: 51），也不是全然不帶理論進入資料（Chouliaraki & Fairclough, 1999）。它只是極力強調

---

[7] 　特別需要說明的是，這不表示對話分析認為日常對話是亂無章法，毫無組織的談話，只是與機構談話相比，日常對話行動並非事先決定，也較無法預測（Heritage, 1997: 165）。

所有意義的宣稱都要與實際發生的現象相符，研究者應避免讓自己的先存理論蒙蔽了對資料的觀察與分析（Psathas, 1995b）。

在機構談話研究中，對話分析尤其重視研究推論如何成立及機構成員的行動過程是否得到應有的重視，如 Psathas（1995b）所說：

> 人類行動可能建構社會結構與機構，但在此類敘述（指以抽象、一般性字眼指稱社會結構的理論）中，（結構）組織的秩序、重複性與微觀成就的細節，涉及社會成員共同產生的活動等卻都不見了。作為一個俗民學方法論取徑與觀點的對話分析或互動談話正是關懷保留其特徵且聚焦於（結構）生產細節。（p. 58，括弧內文字為本書之補充說明）

因此，機構談話之對話分析研究面臨最重要的議題常為「如何連結言談互動現象與機構場景」（Psathas, 1995b: 54），亦即如何證明言談互動與機構情境之相關性（relevance）。

廣電新聞訪問之對話分析研究

從上可知，從對話分析角度來看，廣電新聞訪問之所以是一種機構談話，並不是研究者已先行認定，而是對照日常對話每位談話者都可以問問題，以及隨時開始和結束對話後發現，訪問雙方偏向採取固定的言談類型，亦即由訪問者提問、受訪者回答；有「問題－回答－問題」一定的談話順序；且受訪者所說的話通常有一定的長度（Heritage & Greatbach, 1993）。廣電新聞訪問之機構（性）便

從上述言談類型、順序等的結構有無或程度高低得到理解與證明
（Heritage, 1997）。

　　Clayman 與 Heritage（2002）合著 *The News interviews: Journalists
and Public Figures on the Air* 一書可謂集廣電新聞訪問之對話分析
研究之大成，有興趣的讀者可自行參考。本書以下針對三項與廣電
新聞訪問有關的重要概念，說明對話分析研究如何提供我們看待廣
電新聞訪問的新角度。

1. 新聞性

　　Clayman（1991: 71）指出，廣電新聞訪問者必須在開場白中
設定訪問議題，連結訪問與新聞事件的關係，建立「新聞性」。也
就是說，所謂的「新聞性」並非先存於新聞訪問或事件之中，而是
靠新聞訪問者運用開場白論述資源，使用語言，建立起訪問與新聞
事件的關連性。Clayman（1991）便說：

> [新聞訪問]開場白就是被設計用來傳達接下來的訪問議
> 題，以及將它[訪問議題]放在持續進行的新聞事件之流
> 中……展現訪問『新聞性』的基本方法便是建立此種關連
> 性。而且，[新聞]訪問就是透過這樣的論述實踐，跟[發生在]
> 社會的公眾事件連結起來。（p. 55）

　　此外，Clayman（1991）也指出，廣電新聞訪問者會「形塑時
間」（temporal formulations）。訪問者藉此不但可建立新聞事件的時
效性，也連結了訪問時機與新聞事件之間的關係，如新聞訪問者常

以訪問當下作為時間的起點，說明新聞事件的實際時間：「我們『現在』來談『昨天下午』發佈的……」。

　　廣電新聞訪問者也會在開場白中使用一些詞彙，如「重要的」，強調訪問主題的戲劇性或新聞性，或丟出一個需要解答的迷團，引起閱聽人的注意，讓閱聽人持續注意之後的訪問（Clayman & Heritage, 2002）。簡言之，以往被認為隱含於新聞事件或訪問中的新聞要素，包括「新聞性」、「時效性」與「重要性」等，皆非固定存在的事件特徵，而是靠廣電新聞訪問者的談話行動方能竟功。

2. 新聞受訪者的發言角色

　　除了訪問的「新聞性」，受訪者的發言角色也有賴訪問者的言談行動。Roth（1998）指出，電視新聞受訪者的專業性、發言的正當性，以及其與新聞事件的關係等，都是在訪問者的描述中成立。最明顯的例子是訪問者構連受訪者與訪問關係的過程。因每位受訪者都同時擁有多重身份，如一位受訪者可能同時是男性、政治人物、父親、兒子、環保主義者等，故訪問者須先從受訪者的眾多身份中「挑選」與訪問議題有關者，再用語言「描述介紹」凸顯受訪者某項特質。接著，訪問者再透過一些語言機制，如「闡述整理」（formulation），連結受訪者與新聞議題的關係。

　　事實上，廣電新聞訪問者在開場白中就開始透過語言建立受訪者與訪問之間的關係，如 Clayman 與 Heritage（2002: 68-72）指出

訪問者會在開場白中配合訪問主題將受訪者形塑成參與者、專家或倡導者。簡言之，受訪者的角色或身分是訪問者透過許多談話機制挑選、描述及構連而成。

3. 新聞訪問者的中立角色

新聞訪問者不但使用語言建立受訪者的身份及發言的正當性，也建立自己的「中立」角色。相關研究指出，訪問者會避免陳述個人意見、不直接贊成或反對受訪者、以公眾發言人自居，以及將責任歸屬給不在場他人等，藉此形塑中立立場（Heritage & Greatbatch, 1993; Heritage & Roth, 1995; Clayman, 2002）。

事實上，專屬於訪問者的「問問題」論述資源本身便讓新聞訪問者得以保持表面上的中立（Clayman & Heritage, 2002）。而其他新聞訪問者用來形塑中立角色的微觀談話行動還包括：避免使用日常對話受話者用來回應發話者的「oh」，以將閱聽人形塑成主要受話對象，訪問者自己則維持資訊抽取者的身份（Heritage, 1985）；在問題中設計一些如「and」的連接詞，除了顯示問題的連貫性，也用來表示這是奠基在議題之上的例行公事（routine）（Drew & Sorjonen, 1994; 轉引自 Drew & Sorjonen, 1997）。

不過，訪問雙方的角色是在訪問互動中浮現，故訪問者建立中立角色的工作還有賴受訪者的言語配合，包括：受訪者會重複訪問者的問題，把自己所言形塑成像是回應訪問者問題的答案；或當訪問者假設有誤時，受訪者將之視為訪問者的資訊錯誤或口誤，而非表達個人意見（Greatbatch, 1998）。

廣電新聞訪問之對話分析研究的不足之處

Psathas（1995a）及 Hester 與 Francis（2001）曾批評對話分析研究者似乎只將機構談話看成組織較嚴密、結構傾向較高的日常對話，並未凸顯機構活動特質。尤其對於廣電新聞訪問，儘管研究者可以透過訪問互動形式指出新聞訪問的「機構」性，證明它是一種機構談話，但卻不能有效區隔新聞訪問與其他機構談話如法庭答辯、警察問話等的差異，捕捉「新聞」工作的特性。

換言之，對話分析研究者偏重分析新聞訪問之互動形式，固然可以指出新聞訪問的「訪問」結構，證明機構情境的存在，但卻因其相對忽略訪問內容，[8]故未能深入新聞訪問之「新聞」機構特質。Hester 與 Francis（2001）便直指新聞訪問的核心並非特定的發言輪換機制，而是主題內容（即什麼是新聞）、類別認同（categorial identities，如新聞訪問者的機構角色）以及與認同有關的活動等。

換言之，雖然談話形式很重要，但研究廣電新聞訪問時，研究者也不能忽略訪問內容（Fairclough, 1995a; Woodilla, 1998; Clayman & Heritage, 2002: 7），尤其訪問主題及內容，如「新聞性」，常是我們判斷新聞的重要標準。Martínez（2003）比較電視脫口秀（talk show）及新聞訪問結語時也指出，此二者無論是談話結構、風格及內容皆有明顯差異。

---

[8]　Clayman 與 Heritage（2002: 14）認為所有進入新聞訪問的話題、主題及觀點（訪問內容）皆得透過訪問雙（多）方的互動（訪問互動形式），而每個互動不但受到之前行動的限制也影響之後的行動，故訪問內容是看訪問互動的形成過程而定。因此對話分析將研究重點置於談話形式上。

二、批判論述分析之機構談話研究

　　之前提及批判論述分析研究之首要目的在於精確指出論述中的優勢意識型態，對於機構談話的分析也是如此。尤其從批判論述分析角度來看，社會文化之階層及不平等權力關係會反映在論述結構上，對微觀談話行動產生強弱不一的限制（van Dijk, 2001: 118），故研究者若能指出論述之結構偏向，便能一窺意識型態如何透過論述作用及其與社會文化之關係。

　　此外，雖然相關論述賦予談話者特定的身份和關係，以及固定的談話互動模式，但論述其實具有多種層次，其間不免產生斷裂或相互衝突（Fairclough, 1995a），因此提供微觀談話行動創造、改變的可能。而且，論述結構的重疊及矛盾也要靠機構談話參與者的言談行動方有可能顯現、落實、改變及混合創新（Chouliaraki & Fairclough, 1999: 119; Jørgensen & Phillips, 2002）。

　　也因此，批判論述分析之機構談話研究主要聚焦於微觀談話互動，檢視意義產製、解釋的過程，探究微觀談話與鉅觀機構實踐的連結方式，以及機構談話如何為優勢結構及文化所安排（Woodilla, 1998）。為達此目標，Chouliaraki 與 Fairclough（1999: 59-63）建議研究者同時分析結構與互動，一方面瞭解論述網絡如何限制機構談話互動，另一方面探究機構談話參與者如何在談話互動中汲取、構連不同論述進行再製與轉化的工作。

　　值得注意的是，分析結構與互動時，批判分析研究者同樣面臨相關性的問題，亦即如何連結談話互動及機構結構？對此問

題，van Dijk（1991, 2006）從當事人的主觀心理詮釋著手，認為機構談話參與者自會過濾、汲取與其談話相關的環境要素，於心中形成情境模式（context model），產生此刻與自己有關之情境（what is now-relevant-for-the-participants）（van Dijk, 2006: 163）。而且，van Dijk（2006: 172）強調情境模式具有以下特質：（1）部分情境模式可能在實際溝通前便已建立，尤其機構互動更是如此（如訪問是由一問一答固定的互動模式所組成）；（2）情境模式是動態的，會持續隨環境變動調整；（3）情境模式具策略性，具備效率與快速，能即時回應變動的環境，但絕非完美或完整；（4）情境模式影響所有談話互動階段及層次，大至主題選擇及互動形式，小至語氣和字詞選用都不例外。

　　van Dijk（2006）與對話分析研究者一樣主張採用機構談話參與者的當事人觀點詮釋文本資料，但他不像後者那樣侷限於對話的上下文脈情境，因為他認為許多情境不一定會直接展現於互動談話，研究者應超越文本範圍增加自己對談話參與者共享知識之了解（p. 167）。相較之下，Fairclough 便不如 van Dijk 那樣強調當事人觀點。Fairclough（2001b: 238）著重互文性分析，強調研究者須同時使用結構與互動觀點，一方面研究論述秩序如何被建構，另一方面也須詳細分析實際的文本與互動狀況。

　　在廣電新聞訪問之批判論述分析研究中，Fairclough 對廣電政治訪問進行的研究可說最具代表性。Fairclough（1998: 160）依他自己對公／私領域論述的關懷，建立公領域（政治）論述、私領域（日常生活世界）論述，以及媒體娛樂論述等類別，然後依此分析

廣電政治訪問節目，指出廣電政治訪問如何成為公領域（政治）、
私領域（生活世界）與媒體娛樂領域的混合體。以下詳細介紹。

Fairclough 的廣電訪問之批判論述分析研究

　　Fairclough（1989, 1992, 1998）研究廣電政治訪問，主要關心
私領域日常對話如何滲透像政治訪問這樣的公領域談話，產生「公
共論述」的「對話化」（conversationalization）現象。他曾從歷史
角度出發，研究機構論述之變遷，指出廣電主持人有日漸娛樂化
及個人化的趨勢，顯示公共論述如何為娛樂論述及日常論述所滲
透，成為娛樂資訊（infotainment）（Fairclough, 1995b）。另一方面
他也分析微觀訪問互動文本，指出政治訪問與日常對話如何相互
融合而日趨口語化與個人化，並進一步解析背後的意識型態。以
英國國家廣播電台（BBC）【今日】（Today）節目訪問為例，訪問
者在此種公領域談話中卻使用私領域對話形式，運用日常生活論
述及常識，營造對話感，包括使用一般日常用語、語調與代名詞
等，挑戰受訪者，並且捨棄原本嚴肅的問問題模式，重新闡述整
理（reformulate）受訪者的政治論述，將之轉變為生活世界論述
（Fairclough, 1998）。

　　Fairclough（1998）認為這種以對話形式進行的政治訪問去除
了訪問者原有的權威及距離感，將政治訪問轉變成日常對話，企圖
從日常生活論述及常識取得合法性。訪問者也會依互動情況，有策
略地運用各種訪問文類資料庫（repertoire），發展自己的訪問風格
（p. 159）。

　　不過，站在批判論述分析者的立場，Fairclough（1995a）批評此種媒介論述讓訪問者將自己與受訪者形塑為私領域的「個人」，將訪問營造成一般對話，這讓政治訪問成為一場展示的奇觀（spectacle），觀眾則變成觀看對話的偷窺者與消費者。如此一來，訪問者等於將政治訪問原本奉行的主流價值——真相，轉變成日常對話所重視的平常、非正式、真誠（authenticity）與真摯（sincerity）（p. 180）。

　　可惜這些看起來平等且真誠的政治訪問只是一種表演，而不是真正的平等或民主實踐。Fairclough（1998: 160）強調，雖然政治訪問是公領域（政治）、私領域（生活世界）與媒體娛樂領域的混合體，閱聽人也同時具備公民與消費者身份，但這些看起來不具權威，沒有距離感的政治訪問只是機構操控的民主化（an institutionally controlled democratization），而非真正民主。而從這裡，Fairclough 也開展了他的批判志業。

Fairclough 廣電訪問之批判論述分析研究的不足之處

　　對 Fairclough 來說，廣電政治訪問只是一種政治或公共論述，他關心的是以廣電政治訪問為代表的公領域（政治）論述如何受到來自私領域（日常生活世界）論述的滲透，轉變成他稱為媒體娛樂論述的混合體（Fairclough, 1998: 160）。「新聞論述」並未出現在 Fairclough 建立的論述類別中。

　　本書指出此點並非否認政治（新聞）訪問是一種公領域論述，而是提醒讀者：論述只是一種再現世界的特定方式，是研究者用來

發展研究架構的分析概念（Jørgenson & Phillips, 2002: 143）。批判論述分析研究者也是依其研究關懷及目的架構論述版圖，正如 Fairclough 是依其研究目的及問題——公／私領域論述的變遷——建構論述類別，故「新聞論述」不在其論述分類中。換言之，研究者須依自己特殊的研究目的及問題設立論述類型。

　　以廣電新聞訪問研究來說，本書建議，若研究者將重點放在「廣電『新聞』訪問」上，「新聞」便成為可自成一格的論述類別，具有值得探究的類別特徵。而一旦將研究焦點轉移至「新聞」，研究者便得進一步探問：「新聞是什麼？」。如此一來，Fairclough 先行劃定的公／私領域論述類別對「新聞」研究來說便嫌不足。舉例來說，如果我們因應廣電媒介特質，決定採取 Costera Meijer（2001, 2003）的建議，放棄傳統新聞學著重資訊、理性、衝突與內容的作法，拒絕事先劃分公／私領域，並改以同等重視情感與理智、經驗與意見，嘗試從涉入及關係的角度看待廣電新聞，那麼，Fairclough 先行劃設的公／私、公共／個人、資訊／娛樂等分類，便不再適用於廣電新聞。進一步也許廣電政治訪問的「對話化」趨勢也不再值得憂心，因為它可能是發展另類公共領域的另一種選項（Tolson, 2001）。

參、機構談話研究的再思考

　　本書以上分別介紹可能用於機構談話研究之論述分析取徑，接著聚焦於廣電新聞訪問，深入說明對話分析及批判論述分析如何研

究機構談話，以及此二者在廣電新聞訪問研究上的相關貢獻及不足之處。進一步，本書要針對機構談話研究，指出三個值得思考及討論的議題，包括論述分析可能產生的矛盾、論述分析合流的可能，以及機構談話之論述分析研究應走向何處。

一、論述分析的矛盾

論述的構連、傳送與解釋皆具開放性（open-ended），有多種閱讀的可能，所以當論述分析研究者將論述當成生產意義與建構真實的方法詳加探問時，必須注意各種再現可能產生的「論述矛盾」（Grant, Keenoy, & Oswick, 1998: 12-13）。而且，如前所述，不同論述分析取徑對「論述」也有不同定義：論述心理學將論述界定為「情境中的語言使用」、對話分析聚焦於談話互動組織、批判論述分析的 van Dijk 視論述為廣義的溝通事件、Fairclough 則從較鉅觀的層次定義論述為「從某觀點再現一個既存社會實踐之語言使用」。這些分歧再次反映出論述觀點之多義、模糊和發展性。

此外，無法迴避的問題是，論述概念的多義及模糊也為機構談話研究帶來衝突，因為組織論述存有下列矛盾：（1）談話既限制行動又讓行動成為可能；（2）談話等同於行動或不同於行動；（3）故事既創造也同時摧毀意義；（4）組織故事既具獨特性又含有跨越個別組織的一般性要素；（5）沒道理（non-sense）也有其意義存在；（6）組織在對話中形成，對話描繪並讓社會關係得以成真。（Dunford & Palmer, 1998: 214-218）。

　　除此之外，機構談話研究者運用論述分析執行及呈現研究時，也因語言的反身性（reflexivity）而陷入再現危機。所謂「語言反身性」意指研究者使用語言描述社會真實的同時，也在進行建構真實的動作，而這些被描述、建構出的社會真實又會回過頭來影響人們（包括研究者及讀者）對社會真實的理解和反應。換句話說，論述分析研究者不可能只是「客觀地」描述某件事，研究者必須正視學術研究的再現與正當性危機（Taylor, 2001a）。

　　Grant, Keenoy 與 Oswick（1998）認為「論述的矛盾迫使我們對『行組織論述』（doing organizational discourse）採取一個反身取徑（reflexive approach）」（p. 13）。Dunford 與 Palmer（1998）也同意此看法，並認為反身取徑就是需要「對我們自己的學術假設抱持批判和懷疑的能力」（p. 218）。他們同時提出處理論述矛盾的六項策略，包括：

1. 接受矛盾，並質疑目前的假設與目的，讓新的、具創意的結果得以浮現。

2. 透過辨明分析層次來解決矛盾，因為論述的矛盾可能起於不同論述層次的比較。如某個組織故事在某個層次上獨一無二的，但在另一個層次卻可屬於所有組織。

3. 將矛盾產生的時間劃分開來，如此便可解決故事既創造也同時摧毀意義之矛盾，因為依時間序列便可研究新故事如何浮現，及如何挑戰既有故事。

4. 透過釐清概念上的缺失，綜合矛盾的對立概念。如「組織在對話中形成，對話描繪並讓社會關係得以成真」預設了對話與組

織都是人類互動的某種形式，但如果我們從根本上將組織視為人類互動的一種模式，而對話只是用來互動的主要媒介，便可解決此矛盾。

5. 拉高位置（supremacy position），亦即在承認矛盾的同時優先考量某一邊，例如在「談話等同於行動」上選擇行動大於談話的解釋力，可能高於將談話等同於行動的解釋力。

6. 研究者的相關位置（relevance position），亦即接受矛盾的存在，但不處理與研究實踐無關的矛盾。如「沒道理也有其意義存在」在研究文意上的重要性大於研究實踐。

　　除了上述矛盾，論述分析研究者進行機構談話研究時也常面臨兩大質疑。第一，研究者該如何選取分析個案？要多少個案才能滿足研究要求？對此，本書建議回到研究問題來解決。如對話分析研究者的研究目的是機構談話參與者如何在談話中校準彼此的互動行為及談話組織結構，而非證明每個機構談話都會產生某種特殊談話結構，或將實際的談話資料硬塞進某個分析出來的談話結構中（Heritage, 2005: 122），那麼少數個案便已足夠，因為談話參與者彼此校準的活動隨處可見。Jorgensen 與 Phillips（2002: 120）討論論述心理學時也特別指出，若研究者關心的是「語言使用」而非個人，那麼為數不多的文本便已足夠，因為少數幾人就可以創造及維持論述模式。樣本個案的多寡應視研究問題而定。

　　此外，對話分析研究者也可經由異於一般互動模式的偏差個案（deviant cases）深入瞭解互動的規範架構（normative framework）（Taylor, 2001b: 320; Woffitt, 2005: 130）。

　　第二，研究者該如何連結談話與機構情境之間的關係，說明此二者之相關性（relevance）？例如我與你談話時用「您」指稱你，研究者如何判斷是性別、年齡、階級或職務影響了我──談話參與者──的語言使用？對於相關性的問題，如前所述，對話分析研究者是以談話互動文本資料為導向，以談話參與者實際採行的談話互動形式作為判斷。批判論述分析的 van Dijk（2001: 18）則以之前提及的情境模式作為回答。他認為機構談話參與者是透過心中形成的情境模式界定相關要素，故研究者須透過各種方式建立機構談話參與者之情境模式，以此解釋談話與機構情境的相關性。目前論述分析研究者偏向採用談話參與者的局內人觀點解釋資料。

二、論述分析的合流

　　雖然不同的論述分析取徑承繼不同的學術傳統，有不同的研究關懷、理論視野及研究方式，但本書建議研究者可依不同的研究需要融合論述分析。舉例來說，Blum-Kulka（1997）建議將俗民學方法論之觀點和研究程序納入語用學研究，克服後者忽略當下談話情境的缺陷。而 Svennevig（1999）的研究便是結合對話分析與語用學，分析人們如何在初次互動中建立熟識關係。他運用對話分析找出互動過程的相關程序及組織，再以語用學作為解釋架構，連結對話互動程序與行動。

　　即使素有「描述相對於批判」矛盾的對話分析與批判論述分析（鍾蔚文，2004; Baurman & Parker, 1993）也有合作的可能。如

Schegloff 認為批判論述分析應從行動者的言談行動傾向來判斷行動與情境的相關性，故主張對話分析可以成為批判論述分析的先行方法（轉引自 Titscher, Meyer, Wodak, & Vetter, 2000: 163）。事實上，批判論述分析也強調文本的重要性（Miller, 1997; Fairclough, 2001b），Fairclough（1995a: 128）也取用對話分析研究者的「工具箱」（如話輪輪換與語序等），用這些「互動控制特徵」來研究文本的人際功能。

　　Hutchby 與 Wooffitt（1999）指出對話分析能幫助研究者從談話互動中看出不同角色的不對等（結構傾向）關係。而且唯有如此，批判論述分析之批判志業方能真正完成。如同 Ohara 與 Saft（2003）所說，唯有在微觀層次（如談話互動）彰顯權力的運作，將權力視為一種互動成就，讓人們知道互動控制與意識型態召喚間的關連，我們才有可能討論對抗控制的互動策略。換言之，對話分析可結合批判觀點，研究機構的權力關係，了解佔有某些機構角色的談話參與者如何運用語序等資源控制互動過程，其他談話參與者又如何與之對抗（Hutchby, 1996a; Hutchby, 1996b; Hutchby & Wooffitt, 1999）。

　　進一步，對話分析研究也有助我們探究理想規範。如對話分析研究者 Clayman 與 Heritage（2002）曾分析廣電新聞訪問者的結語，指出訪問者採取的各種緩衝行動（winding down），如感謝受訪者接受訪問前先宣布必須結束訪問、對訪問整體所言下評論、使用一些單字（如 well, all right）、稱呼受訪者全名，或採用受訪者之前所言與結語作一連結等（p. 76-82）。但進一步，Clayman 與 Heritag 也

藉此指出，雖然廣電新聞訪問者能直接打斷受訪者結束訪問，但從美學的觀點來看，這卻有損訪問者應該努力達成的目標，即有秩序的訪問緩衝感。更重要的是，他們強調，直接打斷受訪者結束訪問，不但訪問者可能被視為對受訪者不夠尊重，對受訪者來說也是不公平的（p. 83）。

另一方面，就廣電新聞訪問之對話分析研究來說，研究者也需要跨出訪問文本，累積其對新聞機構情境的了解，以連結、深化目前的對話分析研究結果。舉例來說，Clayman（1991）和 Clayman 與 Heritage（2002）研究廣電新聞訪問的開場白，指出開場白通常由三部分組成：（1）標題（headline），通常是宣告新聞或設計討論的議題，（2）相關背景資訊，（3）引導（lead in）受訪者進入訪問，建立受訪者對討論主題的評論及發言資格。但廣電新聞訪問者如何選取訪問議題？如何選擇切入點？如何決定要給什麼及多少背景資訊？要賦予受訪者什麼樣的發言地位？跨出新聞訪問文本，研究者才能進一步瞭解這些問題背後的考量及其和新聞機構情境間的關係。

三、論述之外的可能——從描述、批判到論述倫理

從論述角度研究廣電新聞訪問，分析訪問雙方如何在此機構談話互動中形成機構及認同，並不表示研究者便認為天地之中除了「言談」、「論述」外便一無所有。Mumby 與 Clair（1997; 轉引自 Grant, Keenoy & Oswick, 1998: 3）指出，說組織存於組織成員的論

述之中乃指論述是組織成員創造社會真實的主要方法。亦即論述分析研究者只是強調論述乃為人們賦予真實意義之來源，並不否認語言之外尚存有其他物質真實（Wood & Kroger, 2000）。

鍾蔚文等人（1999）也提醒我們「在強調語言的同時，也要小心不要掉入當代論述的兩個陷阱」（p. 587），第一是以為語言之外便無天地，第二是認為無須或無能立下判準。而要跳出這些陷阱，他們認為唯有「回到人間」一途：

> ……擬真和信任感的討論其實都指向人間，都在強調：事實如何界定，要向人間去求取。事實的形貌來自文化的共識，事實的認知是建立在信任的基礎上；新聞事實應該反映社會對事實的共識。（p. 587）

> ……相信建立判準並非不可能，在某一特定時空的文化結構下，某些詮釋，某些真實，依照當時的邏輯和常識，應該更接近社會的真實。（p. 587）。

可惜鍾蔚文等人（1999）只提出「回到人間」的需要，卻未說明「回到人間」如何可能，以及該如何「回到人間」。本書以下試圖回答這兩個問題。

（一）回到人間的可能

從論述分析角度出發，本書認為「回到人間」的可能性來自兩方面：一方面，雖然我們常以「機構論述」或「意識型態」指稱存於個別機構談話互動之外的結構，但機構論述並非一致，也會產生

衝突及斷裂，因此成為行動者選擇與思考的條件資源和可能起點，是改變的契機（鍾蔚文、臧國仁，2003; Billig et al., 1988; Miller, 1997; Davies & Harr´e, 1999）。我們可將論述之衝突及變動視為行動者能動之始，如 Richardson, Rogers, McCarroll（1998: 507）指出，論述含有多種文化與道德傳統，可供人們作為批判的資源。以 Anspach（1987；轉引自 Miller, 1997: 167-169）研究醫院知識生態為例，醫生與護士對新生兒的病狀評估便有所衝突，前者較強調診斷儀器的資料結構，後者卻偏向使用與嬰兒的互動及經驗。其研究顯示機構論述在社會場景中的位置不但具階層性，彼此也充滿衝突與折衝。

　　另一方面，機構論述有賴每刻談話互動之實踐，因言談不只受情境形塑（context shaped），也同時更新情境（context renewing）（Heritage, 1984）。機構談話參與者的每一刻談話都是回應當下談話情境，故隨時可能因互動而產生微觀、局部的變異（ten Have, 1999）。舉例來說，廣播新聞訪問者通常以問答方式與受訪者互動，但當訪問者放棄提問，改以發表自己看法或經驗時，受訪者便有較大空間轉移談論的議題或引導討論方向（江靜之，2003b），甚至能夠挑戰訪問者之前所言（Hutchby, 1996: 492）。

　　我們再以主張記者中立報導的客觀新聞學為例說明。客觀新聞學並非單一、毫無衝突的論述結構，而是內含多種層次，與其他新聞學論述（如調查新聞學、公共新聞學等）共存、相互競逐。而且客觀新聞學在新聞實踐中便產生許多變異。以美國為例，Schudson（2003: 188）指出，美國記者在悲劇時刻、公眾危險與

國家安全受到威脅時，傾向放棄從事中立報導的努力。Weaver 與 Wilhoit（1996）則將記者對新聞的態度分成倡導者、解釋者與傳散者三種，在一九八二年至一九八三年的調查研究中發現，記者其實擁有多元主義（the pluralism of the journalistic mindset），因大約三分之一的記者同時具有解釋者與傳散者角色，只有百分之二的記者會完全偏向某一種角色。到了一九九二年，Weaver 與 Wilhoit 的調查顯示，新聞的解釋與調查功能還是獲得最多美國記者的認可，而且大部份記者跟一九八〇年代的研究結果一樣，認為調查功能[9]是新聞生活的基本要素。這再次顯示絕大部分記者都是多元主義者，同時服務相互衝突的功能。

　　對於華人記者，陳順孝（2003：5）也指出客觀報導雖然是記者的信奉理論，但實際上記者（主要指台灣新聞記者）的使用理論卻是「春秋筆法」，是一種「因應情境變化而不斷深化、修正、衍生、創新，又吸納了西方客觀報導若干特質和形式，所產生的新報導體」（p. 58-59）。陸曄與潘忠黨（2002）則分析中國大陸的新聞改革論述場域，認為此場域集合了三種傳統：「中國知識份子以辦報啟迪民心、針砭時政的傳統、中國共產黨『喉舌媒體』的傳統、源自西方卻被『本土化』了的獨立商業媒體的傳統」（p. 44）[10]。

---

[9] Weaver 與 Wilhoit（1996: 137）所指的調查取徑包括，調查政府的宣稱、分析與解釋複雜的問題，以有時效性的方式討論公共政策。

[10] 陸曄與潘忠黨（2002）文中的「西方新聞工作專業主義」主要還是以客觀新聞學為主的主流論述，這可以從他們指出的西方新聞工作專業特徵的基本原則：「……（2）新聞從業者是社會的觀察者、事實的報導者……（4）他們以實證科學的理性標準評判事實的真偽，服從於事實這一最高權威……」（p. 20），以及他們的註釋（2）中推論得知。雖然他們也在註釋（2）

他們強調，這三種論述相互激盪，不但產生新的意義與策略，也改變了原有論述的內涵，例如經本土化的商業媒體傳統。

換言之，客觀新聞學雖是主流論述，但新聞工作者的語言行動並非只是複製客觀新聞學主張，其因時制宜的語言行動同時也凸顯客觀新聞學與其他新聞學論述的不一致與矛盾，隨時可能激發新的論述，使新聞論述結構有改變的可能。亦即機構論述之多元及衝突提供「可乘之機」，機構談話互動則賦予「可施之力」，讓行動者能夠「回到人間」，開啟創造和變異的可能。[11]

（二）回到人間的方法

要從論述「回到人間」，本書認為研究者須從描述、批判論述走向規範性的倫理議題，因為宣稱故事（narrative）真相與訴說故事的權利都以某種權威關係為準繩，所有故事都與權威及推動道德化真實（moralize reality）有關（White, 1980）。論述的力量便是一個道德化力量。

中強調：「這些新聞專業主義的基本內涵並不是一成不變的，它們隨著歷史條件的變化面臨新的詮釋、新的挑戰，因此具有話語（即本文所謂的論述）的歷史性」（p. 47，括弧內文字為本研究作者所加）。

[11] 值得特別說明的是，這不表示所有改變皆可從言談、論述著手，因為在現實環境中，大部分意義都是相對穩定的，行動者還是在既存論述或物質環境下作有限的選擇（Fairclough, 1995b; Jørgensen & Phillips, 2002: 178）。而且如同 Wodak（1996）所提醒的，個別言談的力量並沒有想像中來得大，且改變言談論述也不一定能改變（機構）權力關係。這主要因為在論述之外還有其他非論述面向（non-discursive aspects）的社會條件（Miller, 1997），採取不同行動時也得考慮其他社會參與者的挑戰（Hutchby & Wooffitt, 1999）。意義的改變是社會集體過程（Jørgensen & Phillips, 2002），而非個別言談可成。

　　而且，從亞里斯多德（Aristotle）傳統來看，（研究對象）「是什麼」（what is）與（研究者或社群認為它）「應該是什麼」（what ought to be）是無法分割的，因為評估的結果須具有事實基礎（factual premises）（MacIntyre, 1984）。舉例來說，當我們認為手錶的功能是準確報時，那麼我們就會以一隻手錶是否準確報時來判斷它是否為一隻好的手錶，換句話說，好壞的應然標準無法獨立於功能性事實基礎之外；另一方面，當我們說這是一隻好手錶的時候，我們也是用手錶應有的目的或功能——例如它是否能準確報時，來加以判斷與界定，因此「手錶」這個功能性事實概念也不能獨立於「好手錶」的概念而存在。

　　尤其新聞業是依賴論述維生的行業。它不但是當代社會再製、建構論述的重要機制，也同時訴說可被接受的故事，藉此建立自身的權威，樹立新聞機構及人員「應該」如何運作的準則。舉例來說，公眾新聞學主張記者涉入社區活動，激發公眾對公眾議題展開辯論，表面上看起來縮短了記者與公眾的距離，賦權予公眾，與傳統「中立」報導的主張截然不同，但 Woodstock（2002: 50）指出公眾新聞學論述其實建構了一個充滿危機、須要拯救的世界，也賦予記者干涉世界的道德權威。

　　然而，新聞記者透過論述建立真實、自身位置及道德權威等並非抽象的倫理議題。本書借用 Linehan 與 Mccarthy（2000）的主張，認為新聞記者應將談話互動中的「他人」（the other）（對記者來說即為閱聽人）視為特殊、實際的他者，而非「概括化他人」。[12]他

---

[12] Linehan 與 Mccarthy（2000）此主張主要在批評 Harre 等人提出的定位理論。

們強調談話者參與者應重視互動時的實際歷史、情感與倫理要素，因為互動是在具歷史、認同與情感的實際個人之間產生，並且凸顯出互動的道德（moral）面向。

Linehan 與 Mccarthy（2000: 451）所說的「道德」並非抽象的原理原則，而是行動者回應每個個別情境，於每個互動當下產生的「應該」（oughtness），在此層次來談變動的角色關係、互動及責任。從這個角度來看，記者（訪問者）應將閱聽人視為在特定時空中擁有具體認同及情感的「社會人」，進一步正視自己於談話互動中的責任與道德問題。而正因談話互動與選擇的過程處於每個當下情境，所以責任與道德問題也不是普同的抽象規則，而是存於個別特殊情境的活動。

本書認為「倫理」是從論述走回人間之路，而且傳統新聞倫理應納入論述倫理議題，深入瞭解記者言談實踐時面臨之兩難困境及可能的解決之道，因為再微小的論述行動都可能隱含新聞倫理議題，且具改變的可能性。近來也開始有學者注意此點，如 Craig（2006）著有 *The Ethics of the Story: Using Narrative Techniques Responsibly in Journalism* 一書，討論記者如何撰寫奇聞軼事（anecdotes）、如何描述、歸因、引述（quotes）、重述（paraphrasing）及遣詞用字等。

他們認為「定位理論視論述為建制化的語言系統（institutionalised language system），所以當參與者於採取論述實踐（而且對立的定位乃存於論述實踐中）中的位置上做選擇時，便已將關係框限為在實際互動中以建制化語言系統觀點做回應的個人。也就是回應一個概括化他人（generalised others），而非一個實際特殊的他者」（p. 450）。

　　但要如何研究倫理？由於倫理涉及「應該是什麼」的應然面問題，故傳統實證或經驗研究是無法解答的。目前所謂的科學理論（scientific theory）或研究關心的是「是什麼」的問題，欲發現現象的通則解釋，提供人們瞭解、預測與控制事件的能力。但「應該是什麼」的問題卻必須從規範性理論來予以回答，因為規範性理論關心的就是「應該是什麼」，希望構連規範性理想，以指引實作（practice）的行為與批判（Craig & Tracy, 1995: 249）。換言之，規範性理論與傳統實證或經驗研究最大不同之處在於它不在告訴我們某些行為是什麼，其中通則為何，反之，它要告訴我們「應該」怎麼做，提供思考與批判的依據。也因此，規範性理論是無法加以驗證的。

　　本書認為論述分析研究未來可朝向規範性理論發展，探討倫理問題，理由有二：一是從論述觀點來看，所有知識（包括研究產製的知識）都是情境的、偶然的與部份的（Taylor, 2001b: 319），而規範性理論的建構過程正可充分檢驗、鍛鍊與辯論學術知識的建構過程；二是論述分析研究者除了描繪那些被視為理所當然的常識，去其迷思，將之轉換成可供討論與批判者（Jørgensen & Phillips, 2002），更可以嘗試從中討論「應該」如何作為，以及其間的考量與理由，以在「破」論述迷思後，「立」人世間的判準。

　　雖然目前對於該如何建構一個好的規範性理論沒有一套發展完整的方法論（Craig & Tracy, 1995: 250）與研究步驟，但本書嘗試於四到六章以個案研究方式，探究廣電新聞訪問者應該考慮之規範原則，研究訪問者該如何使用語言實踐之。

第三章　廣電新聞訪問者的語言工具箱

　　本章介紹廣電新聞訪問者擁有的語言工具箱，包括（1）整體提問順序、（2）開場白及結語、問問題、闡述整理（formulation）等論述資源，以及（3）可用來執行某些特殊功能的語言資源，包括記者可用稱謂、詞彙與人稱代名詞拉近與受訪者、閱聽人的距離，以及運用句法與及物動詞規則（the grammar of transitivity）將閱聽人建構成公眾等。讀者除了可藉此瞭解訪問者擁有的各式語言資源及使用意義外，也可參考本章分析廣電新聞訪問者之語言使用。

　　特別需要說明的是，在上述語言工具中，訪問者比較能夠事先設計「整體提問順序」、「開場白及結語」，以及部分提問的問題；而有些語言資源，如追問或句法的運用，則因過於微觀且易隨受訪者的回答與當時情境而變，可說是「計畫趕不上變化」，訪問者不一定能夠進行事先的設計。

壹、整體提問順序

　　在廣電新聞訪問中，訪問者比受訪者具有優勢。尤其訪問者能依自己的邏輯或結構事先計畫訪問，控制訪問主題的順序和關連

性，以及事先設計自己要說的話，相對之下，受訪者只能臨場回應便明顯處於劣勢（Bell & van Leeuwen, 1994: 10-12）。

　　而訪問者的訪問設計除了個別問題、用字遣詞以外，也包括整體訪問的提問順序結構。方怡文、周慶祥（1999：78）曾提及記者採訪時使用的兩種提問順序，一是先問一般性問題，再逐步問特殊性問題的漏斗式問法（Funnel sequence），二是根據某一事件不斷以不同問題發問的隧道式問法（Tunnel interview）。

　　雖然訪問者能事先計畫各式問法，但他／她還是得視情境而定，且在訪問過程中隨機應變，無法照表操課。方怡文、周慶祥（1999：78）建議記者碰到時間有限，受訪者又是乾脆之人時，可以先問敏感、特殊的問題。問到需要的新聞後再逐步問一般性問題，亦即記者得先瞭解時間限制、受訪者習性及訪問主題後，才能決定較適合的問法，廣電新聞訪問者也不例外。

　　廣電新聞訪問者設計提問順序時考量哪些重要情境因素？作者曾對十位資深廣電新聞訪問者進行深度訪談（受訪者基本資料請見附錄一），[1] 只有少數受訪者表示會事先擬定訪談大綱。其中主持A廣播電台傳統新聞訪問節目之訪問者因為組織分工（依據該節目製作慣例，有時撰寫訪談大綱與執行訪問者並非同一人，且訪談大綱會事先傳給受訪者），且訪問者必須在固定的訪問時間長度限制

---

[1]　此研究結果來自作者國科會研究計畫：「新聞訪問之機構情境與語言使用初
　　探：以廣電新聞訪問者為例」（計畫編號：NSC95-2415-H-128-009）。以下
　　受訪者所言皆摘取自訪談內容逐字稿。但為了讀者的閱讀方便，作者在不
　　違背受訪者原意的前提下，去掉贅字並修改受訪者的措詞。

內完成訪問，所以訪問者會事先設計結構比較完整的提問，如編號
08 的廣播新聞訪問者便慣用漏斗式問法：

> 我主要採取漏斗式（問法）。先請受訪者針對事件發表自己
> 的想法，然後我再精簡問題，深入問（事件）裡面值得關注
> 的一些現象。最後再拓展開來問他針對這個事件有沒有提出
> 什麼具體建議……。

> （例如）昨天（台灣）正式跟哥國（哥斯大黎加）斷交……
> （我會先問受訪者）為什麼會斷交，之前有沒有蛛絲馬跡可
> 循，然後再從斷交時間去探討兩岸在中南美洲的外交策略，
> 然後這樣的策略是好的？是壞的？我們需要去調整嗎？

若新聞組織沒有上述作業慣例或特殊要求，多數新聞訪問者表
示不會事先計畫整體訪問結構。不過，電視新聞訪問者由於有準時
結束訪問及消耗廣告時間的壓力，以一小時的訪問來說，訪問者通
常需要安排三個插入廣告的段落，將整個訪問切成四塊，如編號
04 的電視新聞訪問者表示：

> 我不太照著（訪問題綱），除非是大方向。譬如說這個節目
> 一小時有四塊，第一塊大概先談重點大方向，最後一塊通常
> 都是總結。……有點起承轉合的味道，開場總要把事情原委
> 說一下。第一段我會把事情狀況大概解釋一下，然後第二段
> 第三段如果有意見不同，出現交辯的情況（便加以陳述），
> 最後一段時間要壓縮得很小，就是總結……。

　　而且，不同訪問主題的切入方式也會有所不同，如以新聞議題為導向的訪問便有異於以人物為導向的訪問。編號 04 的電視新聞訪問者表示：

> 如果政策性或議題走向的話，而不是人物主導，（便先說明）政策大方向，然後第二段再將出現爭議的焦點部份拿出來，第四段作總結，這是議題走向。如果人物走向，通常先交代他（受訪者）最新最近的狀況，他所呈現的問題，將觀眾最想知道（的部分）做一個交代，然後進入一些重要的切點⋯⋯。

　　進一步，即使同樣的新聞人物訪談，電視新聞訪問者對於不同身分的受訪者也會採取不同問法。如編號 06 的電視新聞訪問者表示，在訪問政治人物時，雖然不會一開始就提問較尖銳的問題，但之後卻會以挑戰者的角色提問；但若訪問觀眾尚不熟悉的名人，則會偏向強化該位受訪者的正面特質：

> 我的問題按照順序，第一個問題我通常不會太尖銳，因為我覺得總是你（受訪者）來了，所以第一個可能會問他（如總統候選人馬英九先生）很廣泛的感受問題：「噯你今天成為總統候選人了，你為什麼覺得你會贏？」⋯⋯你為什麼覺得你會贏，這是一個正面表列⋯⋯接下來讓你正面表列完了，我可能就要問現在你（受訪者）沒有辦法處理的事，所以問題開始變尖銳了。第二個可能問說那你的副手要找誰⋯⋯看

他怎麼回答……。如果是剛出爐的台灣之光之類的（人物專訪），……就會從他的生命故事去談，……因為他可能（對觀眾來說）是個全新的人物，我就不太會負面表列（相對於向政治人物提問的負面、具挑戰性的問題）？我當然會問他說：得到這個榮譽、剛開始的心情怎麼樣，你在獲得冠軍的那一剎那，然後怎麼樣怎麼樣，家人怎麼樣……，都是比較正面表列。……現在剛出爐的一個台灣之光，大家跟他不熟，不熟的時候，我為了要讓觀眾，隨時隨地我都有觀眾在，為了讓觀眾能了解這個人，我當然只能夠針對他新聞點的部分去強化，第一名、為什麼叫做第一名、第一名的感受阿、第一名在做什麼。

而且，雖然沒有明確的訪問結構，但電視新聞訪問者在時間及收視率雙重壓力下偏向開門見山，一開始便問最重要的問題：

新聞訪談有整點新聞必須消耗廣告的壓力……，我一定會把重要的（問題）往前放，因為你不知道是否要對受訪者的回答進行追問……（這樣的安排）如果時間到了，就可以很俐落地去切斷它，因為後面那些問題已經不是那麼重要。這跟廣告時間比較有關係。……（01）

電視你不能像廣播那樣（花時間做）warm up（暖身），因為觀眾就轉台了，不好看。……提出最好的話題，收視率就來了。……（07）

　　相對來說，廣播新聞談話性節目訪問者承受的時間及收視壓力較小，常能隨受訪者的回答調整訪問時間的長短及訪問結構。以編號02廣播新聞訪問者作的一次訪問來說，他原本計畫訪問受訪者關於媒體操作的問題，但因為受訪者一開始便迴避此問題，反而著重於訪問者提問的另一個問題（王金平對「馬王配」的反應），如此「刻意不回答」的反應讓訪問者「感覺不對」，只好縮短原本預計的訪問時間：

> 我沒有特別去安排或想到提問順序的問題，純粹就是一種感覺。就是說如果覺得對方沒有意願回答我丟出來的問題，如果發現感覺不對，那早早收場。或者是他能夠說得深入一些讓我更（容易深入討論），就會變成很自然的對談。

　　以上說明廣電新聞訪問者設計提問順序時考量的重要情境因素包括：組織作業流程、訪問主題、受訪者身分、訪問時間的長短、媒體特質及受訪者的臨場表現等。在作者研究訪談過程中，資深廣電新聞訪問者皆不約而同強調訪問者不能固守原有計畫，[2] 必須隨受訪者的臨場回答及表現調整自己的提問和反應。而且，廣電新聞訪問與一般私下採訪不同，因為閱聽人會看見整個訪問過程，故訪問者須盡責問到該問的問題，即使受訪者迴避或不願回答，也要讓閱聽人看見自己曾努力嘗試：

> （問：為什麼你最後問的問題是「請你對×××的談話最後作個評論」開放性這麼高的問題？）其實我要問的問題都已經問

---

[2]　有些資深訪問者甚至認為不應該有明確的「訪談大綱」，藉此強調訪問者是隨受訪者的回答發展問題，無法（也不應該）事先計畫。

到了，那他不想回答的部分也已經表現出來了，就是說我要請他針對……（某些涉及受訪者個人及其代表機構立場）的問題，你都可以聽得出來他不斷用攻擊或其他議題來避諱我的問題，所以總個來講你還要打他什麼？我記得接下來我們還有後續發展，即他提的問題我們還可以後續再去做新聞，因為他攻擊×××的東西，我們可以再請現場跑國民黨的記者去取得一些回應，那我的階段任務就在這一個小時裡面，去把（受訪者）個人的立場突顯出來，然後能回答的問題、能夠解答的部分去解答，如果不能的話就留給後續，因為我們是 24 小時新聞台。（01）

貳、訪問者之論述資源

「訪問者的論述資源」意指廣電新聞訪問文類賦予訪問者，由訪問者獨享的語言工具，包括開場白與結語、問問題及闡述整理。以下分別介紹。

一、開場白與結語

（一）開場白

就開場白來說，表面上看起來訪問者只是利用開場白向閱聽人介紹訪問主題及受訪者，但事實上訪問者透過開場白進行的活動不只如此。根據 Clayman 與 Heritage（2002：60）的研究，廣電新聞訪問者透過以閱聽人為導向，類似獨白的開場白完成三件基本工

作：宣告新聞事件或訪問主題、描述與該主題有關的背景資訊，以及介紹受訪者，讓受訪者進入訪問。

　　在開場白中，廣電新聞訪問者一方面建立訪問與新聞事件的關係，創造值得一聽的「新聞性」（Clayman, 1991：55），或使用某些詞彙如「重要的」，強調訪問主題的戲劇性或新聞性，或者丟出一個需要解答的迷團，引起閱聽人的注意，讓閱聽人持續注意之後的訪問（Clayman & Heritage, 2002）；另一方面選擇陳述受訪者某些特徵，讓閱聽人注意到受訪者與訪問主題間的關係（Clayman & Heritage, 2002: 65），同時建立受訪者的發言角色。Clayman 與 Heritage（2002: 68-72）研究指出廣電新聞訪問者透過開場白建立不同訪問類型的受訪者角色，包括：在新聞製造者式訪問（newsmaker interview）中，將受訪者形塑為訪問議題的主要參與者；在背景式訪問（background interview）中，將受訪者形塑為在訪問主題上，具有專門知識的專家或有直接經驗的目擊者；在辯論式訪問（debate interview）中，受訪者常超過一人，且常被形塑成倡導者（advocate）。

　　雖然各個新聞訪問的開場白長短不一，但訪問者通常會在開場白中交代新聞事件背景及切入角度，定位自己和受訪者，甚至利用開場白為接下來討論的新聞事件定調。以編號 10 的廣播新聞訪問者為例，他曾在一場訪問開場白中，除了宣告新聞事件外，在提供背景資訊時，他花費相當多的時間將「參加台北市市議員自強活動」的議員名單一一公布，同時質疑「人民的公帑是這樣子浪費嗎？」。而且，他在開場白中強調「新黨選上去的市議員也就選上五個，五個全部都中了」，然後邀請新黨副秘書長來接受訪問看「這是怎麼

一回事呢？」，顯然將自己與閱聽人放在挑戰者立場，先為此場訪問做了定調（[ ]中為作者的分析解釋）：

IR：那些民意代表以及政治人物喔，他就趁著人家在前門失火的時候啊，他在後門就在偷渡啊。台北市議會一共有五十二位市議員，有五十二位市議員，發音不標準。最近呢，聽說有三十九位，就是其中的四分之三的市議員，他們八月份要到夏威夷去度假、去玩耍，那只有四分之一，十三位沒有參加[宣告新聞事件]，在這裡我們一定要好好的公佈一下這個名單。我本來想說應該公佈這十三個沒參加的，因為他們是清流喔，可是這樣大家都不知道這是哪些人要去喔，所以決定公佈這些要去參加的三十九位市議員的名單，包括了市議會的議長吳碧珠、副議長李新，還有賴素如、李彥秀、陳義洲、陳永德、王正德、陳孋輝、陳玉梅、王浩、林晉章、李仁人、陳慧敏、蔣乃辛、林奕華、厲耿桂芳、秦儷舫、李銀來、黃珊珊、黃幼中、戴錫欽、林定勇、王欣儀、費鴻泰、潘懷宗、李慶元、侯冠群、常中天、歐陽龍、陳正德、陳碧峰、李建昌、徐國勇、田欣、許富男、劉耀仁、周柏雅、徐佳青、周威佑，其中新，嗯，新，親民黨的市議員有六個，新黨的市議員有五個，國民黨的市議員有十七個，民進黨的市議員有十個，新黨選上去的市議員也就選上五個，五個全部都中了你看。真是太精采了。新黨不是一向是標榜說自己是清流的政黨嗎？怎麼還去呢？聽說這次去這個夏威夷他們的費用是要花了(.)本來是要十一萬多，而且可以，嗯，攜家帶眷一起去喔。後來好像是說市長馬英九覺得太貴了，然後大家打打折，最後還是十萬多塊錢喔。這個人民的公帑是這樣子浪費嗎？這是怎麼一回事呢？我們來談一談這個問題喔[提供背景資訊及確立訪問主題]。連線的是新黨的副秘書長×××，××你好[介紹受訪者，讓受訪者進入訪問]。

這位廣播新聞訪問者為什麼要花許多時間一一唸出參加自強活動的市議員名單？他表示這樣可以提醒聽眾，並達到媒體監督的效果：

　　我覺得他們的行為應該要接受社會大眾的公評。這個名單報紙
　上面有寫，但是不是每個人都看了報紙。而且就算看了報紙，
　很多人可能就是一眼掃過，不會真的記得這些人是誰。但他們
　的行為其實應該要接受更嚴厲的抨擊或者是指責。我今天在廣
　播裡面把名單重複一遍是讓聽眾去了解你自己聽到你選區裡
　面的某個市議員去了，而且那個人或許是你自己投的票，讓聽
　眾對這一件事情產生自己的評價，這是我要做到的事情。透過
　這樣的做法，也會對市議員產生一定程度的壓力，讓他們知道
　他們做的事情是很多人在看的，以後舉止行為可能會比較收斂
　一點。這是我希望達到的一個媒體監督的效果。（10）

　　簡言之，廣電新聞訪問者的開場白除了讓訪問者介紹新聞事件
及受訪者外，也同時賦予訪問者定位新聞訪問、自己和受訪者的功
能，同時可用它來吸引閱聽人注意。

（二）結語

　　在廣電新聞專訪中，訪問雙方擁有不對稱的資源及權力，尤其
訪問者掌控了訪問時間。Clayman（1989: 677）指出：「訪問各方
對其運作的時間情況並沒有相等的知識。只有訪問者精確地知道時
間限制何時來臨，受訪者則欠缺這樣的知識」。廣電新聞訪問的開
始及結束皆由訪問者單方控制（Clayman, 1989: 677; Clayman &
Heritage, 2002: 73），而何時進行結語尤其與時間因素有關。

　　但訪問者如何結束訪問？根據 Clayman 與 Heritage（2002:
76-82）的分析，廣電新聞訪問者可以直接感謝受訪者的參與，以

此結束訪問；或在結束訪問前採取各種緩衝行動（winding down），例如先告知受訪者訪問即將結束、簡要地總結訪問、使用一些單字（如 well, all right）、稱呼受訪者全名，或將受訪者之前所言與結語作一連結等。

　　而且，訪問者也能利用結語為整場訪問和受訪者做最後評論，受訪者通常無法再進行回應。一樣以之前提及的編號 10 廣播新聞訪問者做的訪問為例，訪問者給討論的新聞事件下了最後評論：「我想去過夏威夷的人不在少數，但是我想別人去夏威夷並不會說，誒，夏威夷遠駕去<u>當皇帝</u>。那種感觸就是違背人民的情感喔」，然後以「時間」為由結束此則訪問：

IE：哦，就是說，這個自強活動對他們來講是一個福利嘛。今天不是說，錢多錢少的問題，變成說這是一個結構說，今天選民你認為議員不應該享受這樣的福利。

IR：　　　　＞不過，我想＜　　＞我想媒體媒體，並不是報導說議員不應該享受這

→　　個福利，而是說，議員不應該這種（超豪華）的福利。因為，我想去過夏威夷的人不在少＝

IE：　　　太多，太豪華了是不是？

IR：＝數，但是我想別人去夏威夷並不會說，誒，夏威夷遠駕去<u>皇帝</u>。那種感觸就是違背人民的情感喔。我們因為時間關係沒有辦法繼續再跟你討論這個問題，我們今天謝謝游鴻仁接受我們的訪問。謝謝你。

IE：謝謝大家。

二、問問題（question）

　　新聞訪問主要是由一連串「問題」與「回答」組成的特殊談話活動。廣電新聞訪問讓訪問者佔有提問者角色，擁有「問問題」

論述資源。一般來說,問者比答者具有四項優勢:選擇主題、決定共識的基礎、引導答者朝向某種特定答案、要求答者回答(Bell & van Leeuwen, 1994: 7)。Clayman 與 Heritage(2002: 196-102)也針對廣電新聞訪問,提出訪問者可以如何透過問問題為受訪者設定議題:

1. 限定受訪者作答的「主題」範圍。Schegloff 與 Sacks(1973: 295-7,轉引自 Goody, 1978: 23)認為,訪問者佔有「問答語對」(adjacency pair)的提問者位置,能促使受訪者說話,將問答範圍集中在訪問者選擇的主題上。

2. 標示出受訪者應有的言談行動。如訪問者可以使用不同問句句型要求受訪者作不同形式的回答。以「你是不是贊成 A 的作法」正反問句為例,訪問者藉此促使受訪者選擇「贊成」或「不贊成」,不同於疑問詞問句:「你的作法是什麼?」促使受訪者「說明」自己作法。

3. 標示出受訪者作答的不同空間,如不同的問句句型給受訪者不同的作答空間。以 yes／no 問句[3]為例,它屬於封閉式問題,其答案較受限於問題提供的選擇項目;疑問詞問句則屬於開放式問題,答案比較不受限制,可以有其他的可能性(Kearsley, 1976)。

　此外,訪問者提問的問題不但是受訪者作答的限制條件,它也展現訪問者的知識與權威。Goody(1978)指出「問問題」既是尋

---

[3]　英文的 yes／no 問句包含了漢語疑問句的語助詞問句、正反問句、附加問句及直述句問句等四種(陳欣薇,2001)。但因這部分討論主要來自於英文文獻,因此本研究以原文 yes／no 問句稱之。

求真相的方法，也是展現權威的方式，如提問者可以在問題中提供可能的答案（a candidate answer），展現出他／她對情況的熟悉度或相關知識（Pomerantz, 1988），或將他／她對受話者的預設，設計在問題當中（Pomerantz, 1988: 365）。

換言之，訪問者透過「問問題」向受訪者索取資訊的同時，也展現了訪問者的已知（包括相關知識及對受訪者、閱聽人的預設）及權威。但同時，它也會顯露訪問者的無知，例如當訪問者以正反問句提供受訪者選擇項目時，這些選擇項目的對錯或可信度會展現出訪問者的知識或無知（Pomerantz, 1988: 369）。

但什麼是「問問題」？本章將之定義為具有「問話」（功能）者，因此「問題」並不拘泥於疑問句句型，疑問句句型也不見得一定或只能行使問話功能。所以，「問題一詞具有多種言談句法及語意形式，只要其服膺抽取受訪者資訊的語用目的，即可稱之為問題」（Jucker, 1986: 101）。以下我們分別從「問問題」的功能及句型介紹這訪問者特有的論述資源。

（一）問題類型

Barone 與 Switzer（1995）將訪問者的問題分成「主要問題」（primary questions）及「探測型問題」（probes）兩大類。前者指各個訪問主題的第一個問題。由於主要問題可自成一格，聽者不在訪問情境內也能瞭解它的意義，故訪問者可事先準備。另一方面，「探測型問題」則是訪問者隨受訪者的回答發展出來的問題，故較難事先準備。

　　針對「探測型問題」，Barone 與 Switzer（1995）指出，當受訪者沒有針對問題回答或提供的答案不夠完整、不夠深入、不清楚或有誤時，訪問者就需要使用「探測型問題」抽取更多資訊（p. 101）。因此，要發展有效的「探測型問題」，訪問者就要小心地傾聽。進一步，「探測型問題」可依功能細分為：

1. 發展式探測（amplification probes）：請受訪者在某個問題上擴張，要求更多解釋、例子或闡述。在這裡，訪問者可以使用單刀直入型的問題（straightforward questions），直接要求受訪者詳細回答之前提供的部分答案，或是鼓勵受訪者說更多，甚至保持沈默，讓受訪者自動繼續闡述。

2. 確認式探測（accuracy checking probes）：對受訪者所言及訪問者自己理解的正確與否，進行確認，所以此類問題不但能讓受訪者確定、否認、調整與澄清之前所言，也能增加訪問的親密關係（rapport），因為它展現了訪問者的傾聽，以及訪問者希望能正確理解受訪者所言的企圖。

3. 總結式探測（summary probes）：此類問題常發生在針對某個主題而起的一連串問題之後，訪問者總結之前所言，同時讓受訪者確認訪問者總結的正確性。

4. 完結式探測（clearinghouse probes）：此類探測型問題可以被設計用來問那些沒有被問到的問題。它提供訪問雙方（特別是受訪者）一個機會，能夠提出在訪問中，沒有被提及的問題、主題或議題。

　　雖然 Barone 與 Switzer 沒有特別說明，但從以上分類可以發現不同類型的探測型問題其實有重複的可能，如「總結式探測」也部

分擔負「確認式探測」確認正確性的功能。而且在廣電新聞訪問中，由於訪問者必須精確掌控訪問結束的時間，故「完結式探測」幾乎不可能出現。另外，廣電新聞訪問者的「總結式探測」常是為了閱聽人而作，因此產生無須受訪者回應的狀況。

（二）問句句型

　　漢語疑問句依傳統文法可分疑問詞問句、語助詞問句、選擇問句及正反問句四類（湯廷池，1981）。但若納入提問功能，所謂的「問句」應可包括以下六種（湯廷池，1981; Li & Thompson, 1981／黃宣範譯，1983；張鐘尹，1997；屈承熹，1999；胡菁琦，2002）：

1. 疑問詞問句（interrogative-word questions），即以疑問詞（如誰、哪裡、什麼、怎麼等）為問句，例如：「他的看法如何？」；

2. 語助詞問句（particle questions），即在直述句語尾附上疑問語助詞，包括「嗎」與「哦」等，例如：「你同意他的看法嗎？」；

3. 選擇問句（alternative questions or disjunctive questions），在疑問句中提出兩種或兩種以上的可能性要求答話者做出選擇，而漢語選擇問句最常用的句型為「（是）……還是……」（湯廷池，1981），例如：「你很同意還是有點同意他的看法？」；

4. 正反問句（A-not-A questions），請求答話者就肯定與否定間擇一，例如：「你同不同意他的看法？」；[4]

---

[4]　湯廷池（1981）指出「正反問句」與「選擇問句」差異為：（1）前者之語助詞「呢」只出現在句尾而不能出現於句中，（2）正反問句的選擇項目須依肯定式在前、否定式在後的次序排列。

5. 附加問句（tag-questions），[5] 即在陳述句尾加上簡短的 A-not-A 問句以尋求允許或確認，例如：「你同意他的看法，不是嗎？」；

6. 直述問句，係以直述句行提問功能，如前例：「你家在三樓？」。 不過，陳欣薇（2001：32）指出，以直述句當問句與資訊的接近 性（accessibility of information）有關。當某資訊不為提問者所知 時，提問者的直述句就算沒有上升語調，也會被視為問句。[6]

除了上述直接問句外，以非疑問句開頭的間接問句也有提問功 能，湯廷池（1981）提出三種可以接直接問句為賓語而為間接問句 的動詞：

1. 直接問話動詞（direct question verb），如「我*問*你」與「請你 *告訴*我」等動詞。但這些詞句之用法有其限制，如須以說話者 與聽話者為主語或賓語，且只能用肯定式，而時態須是現在式 （湯廷池，1981：260-261）。此外，廣義的直接問話還可包括 「不曉得、不知道」等具有問話功用的動詞，但其只提出疑問 而非一定請求回答（湯廷池，1981：264）；

2. 推測動詞，如「猜、想、說、以為、認為、覺得、推測」等；

5　以往文獻對漢語附加問句是否需要另成一類，有不同的主張（見胡菁琦， 2002）。

6　陳欣薇（2001：32）以 Labov 與 Fanshel（1977）對確認的規則為例，指出 Labov 與 Fanshel 基於對話中的資訊地位（the information status of each referent in a conversation），訂出確認的規則，包括 A-events, B-events, AB-events, O-events 與 D-events。其中 A 指發話者，B 指受話者，A-events 指的是 A 知道該資訊，但 B 不知道；B-events 為 A 不知道，但 B 知道； AB-events 指 AB 兩者皆知；O-events 只在場的每個人知道；D-events 則指 知道有爭論的（known to be disputable）。因此，如果發話者 A 做了 B-events 的陳述，A 的陳述就會被視為要求確認。

3. 意見動詞，如「相信、希望、贊成／同意、害怕、決定」等。

　　瞭解上述句型有助於我們理解廣電新聞訪問者的提問，因為根據文獻，言者會依照問題的語用／社會功能偏向特定句法形式（Freed, 1994）。如 Kearsley（1976）指出 wh-questions 與 yes／no questions[7]的比例多寡可能會隨著論述的正式性、談話者之間的親密程度或人數而變，其中 wh-questions 常用來獲取提問者較不熟悉的主題知識，yes／no questions 則用來獲取提問者較為熟悉的主題；Freed（1994）的研究也發現，當提問者尋求目前對話情境之資訊時，可以預測其會使用陳述句（declaratives）及語調上揚的語法（phrases），因為有百分之六十五的「尋求對話相關資訊」類目具有此類問題形式，而 yes／no 問句與「建立關係功能」類目具有高相關，因為 yes／no 問句適合用來尋求聽者認知、鎖定注意力或互動連結的關係。

　　而且，透過「問句句型」我們也可一探訪問者對命題的預設程度，瞭解訪問者對自己提供的資訊抱持何種態度。以之前提及的六類直接問句來說，其中正反問句的預設程度最低，接著依序為語助詞問句、附加問句與直述句問句（Li & Thompson, 1981／黃宣範譯，1983：393；屈承熹，1999；陳欣薇，2001）。

　　直述句問句預設最強。陳欣薇（2001：67）指出所有直述問句都具有確認其所含命題的功能。Kress 與 Fowler（1979）也認為，當提問者以直述句當問句時，他／她其實已經猜測到受訪者的回應，並藉此展現權力。預設程度次強者為附加問句，尤其在廣電新

---

[7]　Kearsley（1976）定義的 yes／no 問題其實已經包括同等於中文的語助詞問句、附加問句、直述句與正反問句。

聞訪問中，Clayman 與 Heritage（2002: 210）指出如果訪問者使用附加問句，這顯示訪問者要受訪者肯定附加問句之前的陳述。

進一步，在漢語附加問句中，我們還可區別出「語助詞附加問句」及「A-not-A 附加問句」，前者較常出現在當提問者要確認他／她不確定的命題陳述時，後者則偏向顯示提問者的立場、態度或互動意圖（胡菁琦，2002：61），可作為一種人際關係機制，建立親密關係、尋求確認與支持等（Kress, 1979）。

進一步，胡菁琦（2002）指出幾種漢語「A-not-A 附加問句」的不同意義：

(1)「好不好」是要求受話者確認命題的適當性。

(2)「對不對」是要求受話者確認命題的真實性，或強化提問者自己陳述的真實性。它的個人涉入較高，常出現在朋友對話，或能自由展示個人涉入的場合。

(3)「是不是」也是要求受話者確認命題的真實性，不過使用「是不是」附加問句的提問者，只是想知道聽者的知識，對命題比較不清楚，或較無個人涉入。它較常出現在正式談話中。

(4)「有沒有」是要求受話者在其知識狀態中，確認某個實體的存在。它在對話某一方有較長獨白時特別明顯，因為發話者可藉此讓對話更鮮活，增加互動感。例如電廣節目主持人會使用此類附加問句，引發受話者（閱聽人）的涉入，讓受話者在對話中成為主動參與者。

除此之外，當提問者將肯定疑問句句型變成否定疑問句句型時，其對命題的預設程度也會比肯定疑問句強。Chao（1968）認為，

否定疑問句是提問者對命題內容帶有肯定的假設，並且期望答話者肯定此假設（轉引自湯廷池，1981）。湯廷池（1981：223）也指出，「否定問句（negative question）雖以否定句提出命題內容，卻表示問話者相當肯定的假設，並要求答話者對這個假設作肯定或否定的判斷」。

尤其在廣電新聞訪問中，當訪問者使用否定疑問句，受訪者會將之視為訪問者立場或觀點的表達，所以傾向用「同意」或「不同意」來回應。而且，因為否定疑問句隱含相當程度的敵意，所以訪問者在使用否定疑問句時，有時會以不在場的第三者為名提問，降低自己的預設程度（Heritage, 2002）。這種以不在場第三者為名提問的現象，常出現在廣電新聞訪問中，訪問者也可藉此提問敏感問題（Clayman, 2002），將責任歸於不在場的他人。

三、闡述整理（formulation）

「闡述整理」是透過保留、刪除與轉化，重新整理發話者的陳述。在以閱聽人為導向的機構訪問中，「闡述整理」尤為普遍，主要是由訪問者將受訪者所言，做部分的選擇、集中與延伸（Heritage, 1985; Heritage & Watson, 1979），是訪問者特有的論述資源。

訪問者可藉由「闡述整理」窄化受訪者所言，將之集焦在某些部分，並促使受訪者針對這些部分進行闡述（Heritage, 1985: 104）。Heritage（1985）指出，訪問者可以透過「闡述整理」來設計主題、重新指涉受訪者之前所言、構連受訪者之前沒有說明的關係、發展

受訪者提供的資訊、探測受訪者的意圖或態度、以及再現受訪者的立場等。此外,「闡述整理」也是訪問者展現理解、培養訪問雙方良好關係的工具。Heritage 與 Watson（1979: 138）指出「闡述整理」的主要功能就是展示理解,並假設發話者欲維持此理解,所以廣電新聞訪問者也可透過「闡述整理」展現溝通的誠意。

但研究者在分析時不易區分訪問者是在「問問題」或「闡述整理」。尤其在廣電新聞訪問情境中,「新聞訪問者不一定需要將其言談內容標示為問句。新聞訪問本身的活動特性就會讓受訪者自動將之解釋為問題」（Jucker, 1986: 114）,故訪問者的「闡述整理」常被受訪者視為需要回答的「問題」。對此,本書建議可採用對話分析的研究方式,從受訪者的反應瞭解如何詮釋訪問者所言的意義。

參、訪問者可運用之語言資源

以下介紹的語言資源並非訪問者所獨有,但訪問者卻可利用這些語言資源達到某些功能,例如透過稱謂、詞彙、人稱代名詞與情態詞等提高訪問的正式性或拉近與受訪者、閱聽人之間的距離;透過某些動詞規則將閱聽人定位成具行動力的公眾等。

一、稱謂

Fowler 與 Kress（1979: 200）指出,我們可以用很多方式指稱一個人,包括不同稱呼名字的方式（如「王小明」、「小明」、「明」）,

或加上稱謂（如王「先生」）等。這些不同的稱呼除了顯示發話者與指涉者，以及發話者與受話者的關係，也展現談話的正式程度。舉例來說，使用不同的稱呼指涉陳水扁總統，可顯示發話者與指涉對象——陳水扁總統——之間的關係，其正式程度從高至低分別為：「中華民國總統陳水扁先生」、「陳水扁總統」、「阿扁總統」、「陳水扁先生」、「水扁」、「阿扁」。換言之，訪問者可以使用正式性不同的稱呼，反映／建構出他／她與受訪者、指涉對象間，不同的親疏遠近關係。

以翁秀琪（1998）分析報紙新聞報導「宋楚瑜辭官事件中的李宋會新聞」為例，在大、小標題使用的稱謂上，自由時報常以「宋楚瑜」和「宋」兩種方式呈現宋楚瑜，卻以「總統」和「李總統」呈現李登輝，顯示後者的稱呼比前者較為禮貌。

二、詞彙

從詞彙使用可看出發話者與受話者的關係，如英文「stated」的正式性比「said」高，因此發話者可使用前者展現禮貌與尊重（Fairclough, 1989: 117）。而訪問者則常使用較多專門、技術性的抽象名詞，提高訪問的正式程度（Fairclough, 1989: 181）。

此外，我們還可以觀察發話者是否有「過度用字」（overwording）（Fairclough, 1989: 115）或「過度標籤」（overlexicalization）（Fowler & Kress, 1979; 轉引自翁秀琪，1998）的現象，即發話者是否使用大量的同義字／詞來表達某種經驗，顯示出他／她的意識型態偏向。報紙新聞便常過度標籤無權力者，例如稱男性律師為「律師」，卻

稱女性律師為「『女』律師」，而且，因為護士通常被假設為由女性擔任，所以男性護士便常被稱為「『男』護士」（Teo, 2000: 20-21）。

除了過度用字或過度標籤，我們也可注意「詞彙的一致性」（lexical cohesion），即發話者是否透過詞彙的選擇，達成文本的連貫性，包括重複使用某些字詞、使用同義詞，或重新排列組合等（Fowler & Kress, 1979; 轉引自翁秀琪，1998），顯示出某種論述偏向。

三、人稱代名詞

人稱代名詞可包括「我」、「你／妳」、「他」、「我們」、「你／妳們」、「他們」、「大家」等。透過人稱代名詞的使用，我們可以一窺文本展現的人際關係，因為這些人稱代名詞也可顯示接近與距離，直接與間接（翁秀琪，1998），如 Tolson（2001）研究廣電新聞訪問者如何使用「我們」，將閱聽人包括在內，拉近與閱聽人的距離。

就人稱代名詞「我們」來說，「我們」通常同時指發話者自己與他人，而且可再區分為「含括的我們」（inclusive we）與「排除性的我們」（exclusive we）。前者包括發話者和受話者，所以從表面文意看起來，有較強的親密與團結感；後者包括發話者與他人（不包括受話者），通常由那些在互動中居上位者所使用，預設較強，不容下位者挑戰或質疑（Fairclough, 1989: 127; Kress & Fowler, 1979）。此外，新聞訪問者常用「共同的（法人的）我們」（corporate we）代表組織發言，將自己與受話者分開（Fowler & Kress, 1979; 轉

引自翁秀琪，1998），拉開訪問雙方彼此的距離，增加訪問的正式程度。

　　而且，「你／你們」（you）也可以被視為是「我／我們」（I／we）的補充，通常具有明顯或隱含的受話者（Fowler & Kress, 1979;轉引自翁秀琪，1998）。但在大眾傳播媒體論述中，「你／你們」通常指向連作者都不知道的潛在對象，故無法辨識這些「你／你們」是指向何人（Fairclough, 1989: 128）。

四、情態詞

　　「情態」（modality）是指發話者對句子命題內容抱持的觀點或態度，包括命題的真偽、認知、願望與義務等，「情態詞」便是用來傳達情態意義的詞語（湯廷池，1992：89；謝佳玲，2001：6）。

　　因為情態詞的使用與發話者的權威（authority）有關，所以我們可藉它瞭解訪問雙方的關係。Fairclough（1989: 126）指出，情態有兩個重疊的面向，一是與他人有關的參與者權威，稱為「關係情態」（relational modality），二是與再現真實的可能性有關的發話者權威，稱為「表達情態」（expressive modality）。也就是說，「關係情態」是許可或要求別人做（或不做）某件事，「表達情態」則表示發話者對句子命題「真假值」（the truth-value）的看法（湯廷池，1992：89），如「可以／可能」（may）是一種允許（如「他可以去」），但同時也與可能性意義有關（如「他可能去」）（Fairclough, 1989: 127）。

　　我們認為，透過分析訪問者使用的「情態詞」，可以一窺訪問者如何看待自己與受訪者、閱聽人之間的關係（關係情態），以及他／她如何看待自己的所言內容（表達情態）。

　　湯廷池（2000：200）指出，漢語情態詞可分三大類：一是出現在句尾的「情態語氣詞」（modal particle），如「的」、「呢」、「啊」；二是出現在句首或句中的「情態副詞」，如「或許」、「大概」、「好像」等；三是出現於謂語動詞組或形容詞組之前的「情態動詞」，如「必須」、「（應）該」、「可能」等。在這三類中，情態語氣詞是純粹的虛詞，情態動詞與形容詞較接近實詞，情態副詞則介於這兩者之間（p. 201）。

　　謝佳玲（2001）則重新界定漢語情態，分別討論情態動詞（包括情態動詞及副詞）的語意及句法。她針對情態動詞的語意，將情態動詞分成認知情態、義務情態、評價情態及動力情態四類，其中認知情態與評價情態近似之前提及的「表達情態」，義務情態及動力情態則近似「關係情態」。我們將其分類定義及例詞整理於表一。

表一　漢語情態動詞類型（整理自謝佳玲，2001）

類型	定義	次類別	例詞[1]
認知情態	表達對一個命題為真的判斷與證據	猜測（確信程度偏低）	大概、或許、會、恐怕、可能、猜測、預料、臆測、懷疑、想
		斷定（確信程度偏高）	一定、必然、當然、難免、認為、相信、認定、推論
		真偽（不會降低說話者透露出來的確信程度，且暗示說話者認定其所描述的命題已經成立）	的確、確實、真的、分明、確定

		引證（根據說話者被告知的訊息）	聽說、傳聞、據說、謠傳 聽聞、耳聞、風聞
		知覺（依靠說話者的感官判斷得知的一種表面跡象）	好像、似乎、顯得、顯然 感覺、覺得、看
評價情態	表達對一個已知為真的命題的預料與願望	預料（將命題描述的情境與預料對比所作的評價）	合乎預料：難怪、果然、當然 <u>不合預料</u>：反而、竟然、原來
		願望（將命題描述的情境與願望對比所作的評價）	合乎願望：幸虧、難得、總算 <u>不合願望</u>：可惜、無奈、偏偏
義務情態	表達讓一個事件成真的指令與保證	指令（說話者對別人提出的允許或要求）	<u>允許</u>：[2]可以、能夠、得以、不妨、容許、允許、同意、建議 <u>要求</u>：應該、需要、最好、非得、要求、禁止
		保證（說話者對自己提出的允許或要求）[8]	<u>承諾</u>：包準、包管、保證、答應 <u>威脅</u>：包準、包管、保證
動力情態	表達讓一個事件成真的潛力與意願（不包含觀點或態度來源，其意義來源可以是句子之外的說話者或情況）	潛力	可以、能夠、不足、無法 會、懂得、禁得起、禁不起
		意願	想、肯、勇於、企圖、懶得 要、寧願、期盼、甘願、討厭、贊成、反對

註1：本表選取的例詞，只是謝佳玲論文中所舉例詞之部分，主要選取廣電新聞訪問中較常出現的詞。

註2：<u>底線表示次類別下的再分類</u>

8　謝佳玲（2001：130-131）提及：「保證系統可以從聽話者的角度進一步區分為承諾與威脅兩種用法，由於漢語大部分用來表達保證的詞語都兼任這兩種功能，實際的效果則視語境而定」，因此之後的例詞會出現同樣的詞。

對情態詞有初步了解後，我們便可發現「再現真實」可以有許多不同的選擇。不過，新聞報導多使用「正反事實動詞」（如 is, are ／isn't, aren't），將新聞事件形塑成「事實」（facts）的樣貌，缺乏情態動詞或副詞（Fairclough, 1989: 129）。而所謂的「事實動詞」指的是「所述的內容在現實世界中已經成立，而且說話者並未試圖將他的內在所知與外在事實作對比」（謝佳玲，2001：86）。換言之，如果說話者預先認定或預設這些子句所敘述的內容是事實，或所敘述的命題之真假值為真，而非假，那麼這些動詞就被稱為「事實動詞」，反之，沒有這種預設的動詞便為「非事實動詞」（non-factive verb）（湯廷池，1994：107）。

中文「事實動詞」如知道（know）、遺憾（regret）、介意（mind）、瞭解（realize）、忽略（ignore），而「非事實動詞」則包括了認為（think）、相信（believe）、期待（expect）、假設（suppose）、想像（imagine）、確信（be sure）等。不過，有些動詞，如知道（know）、記得（remember）、報告（report）、宣布（announce）等可以同時具有事實動詞與非事實動詞兩種句法功能（湯廷池，1994：120）。讀者了解這些動詞及情態詞的種類後將可更了解新聞呈現之奧妙。

五、句法與及物（動詞）規則

從句法與及物動詞規則著手，我們可以探討訪問者如何建立與訪問主題有關之公眾，以及是否賦予它行動力。首先，我們可以從

文法看出不同的行動過程，以及誰是行動者。以簡單句的句法結構為例（Fairclough, 1989）：

1. 「主詞＋動詞＋受詞」（簡稱 SVO），表現出「行動」，主要涉及兩種參與者，一是施為者（agent），二是被施為者（patient）。所謂「施為者」，就是以某種方式對「被施為者」，施行行動者。例如：「我打他」，這裡的「我」是主詞，也是「打」這個動作的施為者，而「他」則是動作「打」的被施為者。

2. 「主詞＋動詞」（簡稱 SV），表現出「事件」，只涉及一種參與者。此參與者可以是有生命者（animate）或無生命者（inanimate）。不過，當 SV 的主詞是有生命者時，它便可能成為一種特殊的，無被施為者的行動。Fairclough 稱它為無方向性行動（non-directed action），如：「我抗議」中的「抗議」行動，便缺乏被施為者。

3. 「主詞＋動詞＋形容詞（或名詞）」（簡稱 SVC），表現出「屬性」（attributions）。它只涉及一種參與者，而且動詞之後的形容詞是用來形容參與者，成為參與者屬性。例如：「她是女孩」，顯示「她」這個參與者具有「女孩」的屬性。

除了可以從主詞、動詞及受詞位置，看出誰是施為者，誰是被施為者，我們還可以進一步從「及物動詞規則」瞭解動作過程。Fowler 與 Kress（1979: 198）指出，「及物動詞規則」是句子呈現出的事件、狀況、過程及相關事物。而它表現出來的意義又可分為動作（如「跑」、「提高」）、狀態（如「高」、「紅色」）、過程（如「加寬」、「打開」）與心理過程（如「瞭解」、「悲傷」）。

這些動詞分類有助我們瞭解，動詞型態是主動還是被動？顯示出什麼過程？透過這些分析，我們便可掌握，新聞訪問者該如何將公眾定位成具行動力的施為者，公眾可採取什麼行動等。舉例來說，Cook, Pieri 與 Robbins（2004）指出科學家談及公眾總是賦予公眾消極的角色，而且只有在使用感覺或情感性字眼時，公眾才會變成主動者。

值得說明的是，文意上的「施為者」並不等同句法上的「主詞」。以「我現在比較瞭解了」這句話為例，「我」雖然是句法上的主詞，但卻不是具行動力的「施為者」，因為「瞭解」是受到外在系統刺激的「心理過程」，而非「行動」（Kress & Fowler, 1979）。但在「我抓到你了」這句話中，「我」既是句法上的主詞，也是文意上的施為者，因為「抓」是由施為者做出的「動作」。

有時發話者會將原來展現行動的過程，轉變成名詞，隱藏原本可用完整句子呈現的行動過程，如時態、情態、施為者與被施為者等，因而也連帶掩蓋住行動者應負的責任（Fowler & Kress, 1979），我們稱之為「名詞化」（nominalizations）。在漢語中，我們常將「的」放在動詞、動詞片語、句子或部分句子的後面，形成「名詞化」（Li & Thompson, 1981／黃宣範譯，1983：407），值得注意。

語言分析之注意事項

本書認為從使用的語言切入分析廣電新聞訪問時，有三點須特別注意。第一，所有語言形式分析都只是引導我們瞭解意義的參考之一，並非最終的答案。因為雖然文法形式的擇用在語用／社會功

能上有一定的傾向（Freed, 1994），但某種語言形式不必然導致某種意義的產生，語言形式及功能間也沒有一對一的對應關係（Fowler & Kress, 1979: 198）。

　　第二，論述包含許多層次，研究者通常只能選擇分析某些與研究問題有關的語言線索。雖然可從訪問者使用的人稱代名詞、稱謂、詞彙、情態詞、話輪類型與話輪轉換秩序等一窺訪問雙方關係的遠近，以及訪問的正式程度，但訪問雙方的關係是這些不同語言資源共同作用的結果，並非某一層次的語言便可完全左右或決定。再以分析「問句句型」與「情態詞」瞭解訪問者預設強度來說，「問句句型」只是我們分析訪問者預設的參考之一，而非唯一的參考，因為訪問者也可能同時使用「情態詞」來減緩或增強預設。

　　第三，各層次語言資源（如字彙、稱謂、句法、話輪轉換等）的重要性會依研究者的研究問題及個案特性而異。而且，我們不能以為改變某一層次的語言行動便一定可以扭轉局勢，舉例來說，不是將人稱代名詞「你們」改成「我們」，訪問者就一定可以拉近與閱聽人的距離，也不是將閱聽人定位成施為者（agent）或將被動改為主動，便一定可以形成「主動的公眾」。本書強調論述分析的語言線索必須視研究問題及個案而定，而且要透過詳細、多層次的反覆分析及討論方能竟功。

第四章　廣電新聞訪問者
如何實踐公眾想像

壹、前言

在現代民主社會中，新聞媒體肩負重要的政治功能，即提供公民作理性選擇所需之資訊（McNair, 1999: 21）。尤其新聞媒體是人們接觸社會的重要媒介，McManus（1994）指出，就算有人不收聽或不閱讀新聞，但由於大部分人都依賴新聞媒體，所以那些未接觸新聞的民眾，他／她們的觀點還是會被新聞媒體影響。因此，如果新聞提供的是幻象，或遺漏某些重要訊息，甚至使人們分心而無法接近社會真實，後果將十分嚴重：「一個未被妥善告知，或被錯誤告知的公眾會選擇不負責任的代議者，並導致可悲的政策」（p. 4）。Kieran（1998／張培倫、鄭佳瑜譯，2002：44）甚至指出：「新聞工作本身的目的，是要將與公眾利益息息相關的新聞告知公眾，這並沒有什麼好爭辯的。」

公眾固然需要新聞，但新聞卻更需要公眾（Iggers, 1998）。因為若沒有公眾作後盾，新聞媒體不但失去近用資訊的正當性，「新聞」也和其他媒體產出無異，失去專業性。新聞與公眾可說是相互依存（Carey, 1987; 轉引自 Nichols, 2003; Merritt, 1995）。

而要知道公眾所需，瞭解公眾需要什麼資訊，其中關鍵便在於，新聞記者是否將閱聽人想像成公眾，並且依照想像公眾所需，提供新

聞資訊。之所以說「想像」公眾，主要因為記者在日常新聞產製中，並未與閱聽人直接接觸，而是靠新聞產製慣例、新聞價值、媒介與組織特性，以及自己與身旁之人，來想像閱聽人（Schlesinger, 1978），有時新聞社群與消息來源更成為記者心中的主要閱聽人（Scollon, 1998; Schudson, 2003; Donsbach, 2004）。因此，要提供公眾所需資訊，記者首先要有適當的閱聽人想像，即將閱聽人視為公眾。

　　值得注意的是，「閱聽人想像」，並非只是記者的個人想像。如上所述，它存於新聞產製慣例、新聞價值、新聞組織定位及記者與他人的互動之中，讓記者不用時時跟閱聽人接觸，也能產製新聞。進一步，這些「閱聽人想像」展現在記者的語言行動中（包括日常組織互動及新聞呈現等），又成為新聞媒體的「閱聽人想像」。而新聞媒體的「閱聽人想像」是否為「公眾想像」，又關係到公眾是否能透過媒體的召喚，意識到自己，使自己成為想像社群的一員（Anderson, 1991）。

　　那麼，新聞媒體如何想像閱聽人？是否將之視為公眾？若是，新聞媒體呈現的公眾又是何樣貌？Lewis 與 Wahl-Jorgensen（2004）研究英美電視新聞中的公眾形象指出，「公民」主要是由有權者（如專家與政治人物）建構與界定，而且常被形塑成消極的觀察者。一般公民就算出現在新聞中，也只能表達情緒反應，毫無表示政治意見或提供解決之道的空間。進一步，他們發現最常出現的三種公民形式，包括：（一）公民以個別的私人身份，談論自己的經驗；（二）討論事件或社會議題，不過未顯示應該採取何種行動；（三）對特定事件或議題，作情感回應（p. 162-163）。簡言之，在英美電視新

聞中，閱聽人被視為個別的私人，著重閱聽人的個人經驗及情感反應，忽略閱聽人作為公眾集結及採取行動的可能性。

另一方面，楊意菁（2002）研究台灣的民調報導與電視【2100全民開講】，強調此二者展現的都是虛構的公眾，是「藉由數字集結以及聲音影像呈現出的公眾的『實體』，並透過想像的過程而使其存在」（p. 238）。楊意菁同時指出，這些虛構公眾雖然是一種集體，但卻缺乏「連結互動的概念，並與散居在四處彼此無所聯繫的匿名大眾閱聽人是一樣的」（p. 238），因此具有「斷裂的公眾意涵」，即公眾之間沒有關連，而且公眾意見可以被獨立切割與組合（p. 239）。進一步，民調報導主要呈現「型式理性公眾」，也就是使用客觀的統計數字展現出沒有情緒的公眾型態，透過數字集結顯示的理性意涵，讓整體選民被視為理性（p. 239）；反之，談話性call-in 節目則主要建構「非理性的 call-in 情緒公眾」，即公眾在發言時並未針對議題發言，且情緒激動或涉及人身攻擊（p. 177）。

以往分析新聞媒體之想像公眾的研究，雖然有助於瞭解新聞公眾樣貌「是什麼」，但卻鮮少進入詳細的語言層次，探究新聞記者「如何」使用語言建構公眾，因此未能針對記者使用的語言提出具體的實務建議。而且，以往研究絕大部分處理現狀「是什麼」的問題，較少提及記者「應該」如何考慮媒介特性（如報紙的民調報導與電視的談話性 call-in 節目），建構想像公眾。

有鑑於此，本章借取杜威（John Dewey）的公眾主張，以廣電新聞訪問為研究對象，分析訪問者應如何利用廣電媒介特性，透過重要的語言資源，建構想像公眾。選擇研究廣電新聞訪問的原因有

四：（一）國內較少針對廣電新聞訪問這重要的文類進行研究；（二）廣電新聞訪問主要透過訪問雙方的語言互動完成，能彰顯語言使用的互動特性；（三）取得容易；（四）訪問雙方都預期其所言所行會被公開播出，因此訪問雙方不會因為研究而有所改變，對研究語言使用者來說，廣電新聞訪問可說是最自然、最好的分析資料（Scannell, 1991）。

　　本章以下先說明選擇杜威的理由，並簡介杜威對公眾的看法。接著，本章參考杜威的公眾主張，並考量廣電媒介特性，提出廣電新聞訪問者理應建立的公眾想像。建立廣電新聞訪問者理應建立的公眾想像後，本章將依此選擇相關的語言分析層次，進行文獻檢閱，瞭解有哪些語言資源可進行分析。最後，本章將依理論所需，選擇一則廣電新聞訪問，進行個案分析，為新聞訪問者如何使用語言建立適當的公眾想像，提供具體建議。

貳、建立廣電新聞訪問的公眾想像

　　本章選擇杜威的公眾理念，作為建立廣電新聞訪問者建立公眾想像的基礎，主要因為杜威對公眾的看法乃以實用為取向。他以交互行動產生的後果（consequences）性質來界定私與公。前者是直接的，只對當下互動者產生影響，為私；後者是間接的，其影響會超出當下互動者，對其他不在此互動之列者也會產生影響，為公（Dewey, 1927; 趙剛，1997：59）。因此，對杜威來說，「公眾」就

是那些被其未曾參與的交互行動影響至深之人（楊貞德，1994）。而公眾是誰？是何形貌？這些問題都要視交互行動及其產生的影響而定，沒有人可以事先界定。

也就是說，「公眾」是因應交互行動的重大間接後果而起，具特殊的時空背景。因此，公眾有大有小，有些受限於地理區域，有些則不（Gouinlock, 1990: xxvi），端視「交互行動之間接後果」為何。

進一步，由於公眾在控制交互行動產生的間接、廣泛、持久與重要後果上，[1]有共同的利害關係（a common interest）（Dewey, 1927: 117），所以當公眾意識到交互行動的重要間接後果及利害關係，並試圖共同控制這些影響及其來源時，執事（officials）、政府與國家（state）便應運而生（Dewey, 1927）。從杜威的角度來看，公眾是透過國家對人們的交換情況進行合法的管理（Splichal, 1999: 144-145），國家是公眾「為了規約人們先前的行動所產生的間接後果的有方向行動」（趙剛，1997: 60）。杜威的「公眾」不但具有政治的本質，更是政治組織的基礎。

簡言之，公眾是在一連串的過程中形成，從感知影響其至深的問題開始，一直到產生控制交互行動間接後果的慾望及努力為止。公眾是在行動中「發現（find）」、認出（recognize）」、「辨識（identify）」它自己，而且應隨具體歷史情境發生的行動後果出現與消失（趙剛，1997；Dewey, 1927；Ljunggren, 2003）。

---

[1]　杜威（1927: 279）自己曾經承認，他在這裡使用的「重要」一詞很模糊。不過他也認為，這至少指出一些要素，包括後果的廣度，具有固定、一致與重複發生的本質，以及無可修復性。

然而，在現代社會中，公眾卻難以成形。杜威（1927: 131）指出，由於人們面臨的議題過於廣泛與瑣碎，這些議題又涉及過多專門與充滿變化的技術，使得許多交互行動的後果只能被感覺（felt），而非被感知（perceived），因此無法組成公眾。對此，杜威（1927: 208）建議，必須先改進辯論、討論與說服的方法。即將探知（inquiry）與廣佈探知結論的過程自由化、完善化，提供人們從事良好判斷的資訊。而大眾傳播媒體在提供良好資訊、引發公眾意識及教育公眾上，尤為重要（Czitrom, 1982／陳世敏譯，1994：181；楊德貞，1994：14；趙剛，1997：74; Geren, 2001），因為在現代社會中，只有大眾傳播媒體能廣佈與公眾利益有關的資訊，讓分散四處的公眾感知到影響其至深的活動，進而集結起來（Geren, 2001: 195）。

那麼，對於肩負散佈資訊、引發及教育公眾功能的廣電新聞訪問來說，訪問者該如何使用語言，將閱聽人想像為公眾？本章認為，訪問者必須考量廣電媒介特質，參考杜威的公眾主張，朝以下三方面努力：

一、提供可進行良好判斷的資訊

杜威（1927: 365）指出，無論是科學調查者或藝術家，這些專家的專家性並不是展現在框架與執行政策上，而是在發現事實，以及讓事實廣為人知上。我們認為，新聞記者也不例外。

而且，傳遞給閱聽人的事實不該是散亂的孤立事件，因為缺乏關連的訊息只會引發人們立即的情緒反應，卻不利於人們的感知與

判斷問題（Dewey, 1939／林以亮、婁貽哲譯，1976）。對杜威（1927）來說，「新聞」的真正意義來自於它與社會後果的關係。一旦記者將事件獨立於它原有的連結之外，該事件就只剩下最狹隘的感官意義，變成「發生之事」（occurrences），而不是有意義的事件。

　　從這個角度來看，廣電新聞訪問者應將新聞事件放在脈絡中，讓閱聽人瞭解事件的前因後果，以及會對自己產生什麼重大影響。即連結新聞事件與閱聽人的關係，讓閱聽人能感知到那些會對自己產生間接重大影響的問題。

二、引發公眾意識

　　除了將新聞事件放在脈絡之中，廣電新聞訪問者也要注意呈現的問題，以有效連結新聞事件與閱聽人的關係，引發公眾意識。杜威（1927: 349）曾指出，只有先引發興趣，人們才會進一步接觸那些值得注意的公共事務。因此他建議，新聞記者應使用易懂、吸引人的溝通方式，將探知過程及結果，如專家研究的成果及具體問題的相關資訊等，傳佈於眾，讓人們都能理解與運用新知（楊貞德，1994：14）。

　　本章認為，「淺白易懂」與「吸引人」的原則正符合廣電媒介特質。因為與印刷媒介相比，廣電媒介不擅於提供詳細、分析或解釋性的資訊，反而擅長傳達隱而不顯的社會知識，以及動員情感涉入（Dahlgren, 1995）。以電視為例，那些出現在電視上的口語／聲音、影像與文字等，會隨時間的流逝，不斷更新，難怪 Zingrone（2001／楊月蓀譯，2003：229）會說：「電視的感知形態與資訊的

文字，分析處理過程是相反的。因此新聞變成純娛樂性，對任何事件都無能加以深入報導」。而電視的媒介特質也影響了電視新聞，使其偏向提供強有力、情緒性與簡單化的訊息，擅於引起收視者的感情與同理心（empathy）（Ekström, 2002）。

　　廣電媒介讓新聞訪問本身成為一種以表現為目的之「表演」（Heritage, 1985; Garrison, 1992: 191-192），使得廣電新聞訪問的「呈現」成為核心要素。因此，「吸引人」不但是為了引發閱聽人的公眾意識，也是因應廣電媒介特質。

　　但廣電新聞訪問者要如何吸引閱聽人，進一步引發其公眾意識？本章認為，侷限於廣電新聞訪問文類，[2]閱聽人無法直接參與新聞訪問，透過口語溝通組成公眾，因此，廣電新聞訪問者只能透過節目與語言設計，讓閱聽人成為主要接收對象，引發閱聽人的參與感（Scannell, 1996），吸引閱聽人。而這也是本章之後個案分析的重點，即探究廣電新聞訪問者如何使用語言，連結新聞事件與閱聽人的關係，引發公眾意識。

三、依實際問題建構相關公眾

　　雖然在廣電新聞訪問文類的限制下，新聞訪問並非一個開放給所有閱聽人形成公眾的場域或機會，不過，廣電新聞訪問者還是要

---

[2]　廣電新聞訪問的文類限制包括：(1)訪問主題常集焦於最近的新聞事件；(2)訪問者及受訪者是主要參與者，而前者通常是專業記者，後者則是與新聞事件相關之人。閱聽人在此則不扮演主動的角色；(3)訪問主要透過問題與答案進行，互動形式具高度正式性（Clayman & Heritage, 2002: 7-8）。

「心中有閱聽人」，設想閱聽人可能有的疑問，代表閱聽人追問問題（馮小龍，1996：263），並將之表現在實際的語言使用上（訪問者也是透過各種語言使用才能想像閱聽人）。如廣電新聞訪問者會為閱聽人作類似「獨白」的開場白（Clayman & Heritage, 2002: 59; Hutchby & Wooffitt, 1999）、為了將對話接收者角色交付給閱聽人而使用「oh」（Heritage, 1985），以及為閱聽人闡述整理（formulate）受訪者所言（Heritage & Greatbatch, 1993）等。

　　因此，根據杜威，廣電新聞訪問者應視訪問主題，將閱聽人想像成在某個時空環境下，因應具體問題而起的公眾。進一步並瞭解，這些公眾在意識到影響自己至深的具體問題後，便會試圖共同控制這些影響及其來源（楊貞德，1994：4）。而這些公眾想像必須落實在訪問者的語言使用上。對此，本章主張，廣電新聞訪問者在連結新聞事件與閱聽人的關係，引發閱聽人的公眾意識後，應使用語言，將閱聽人建構為具溝通、學習及行動力的有機團體，討論相關事宜。

參、個案分析及討論

　　提出廣電新聞訪問者想像公眾的理想方向後，本章依理論所需選擇一則廣播新聞訪問，分析訪問者應如何使用語言實踐公眾想像。因為除了本書第二章提及的新聞性、新聞訪問雙方之機構定位外，廣電新聞訪問者的語言使用也與其閱聽人想像有關。如訪問者

會透過節目及語言設計，讓閱聽人成為主要接收對象，引發閱聽人的參與感（Clayman, 1991; Heritage, 1985; Heritage & Greatbatch, 1993; Hutchby & Wooffitt, 1999; Clayman & Heritage, 2002: 59; Scannell, 1996）。

本章選擇個案之標準必須是能彰顯本章欲說明之理論意涵的清楚實例（instances），而不是要用此個案推論至其他個案的代表樣本（Jalbert, 1995: 15-16）。本章選擇分析的個案是中國廣播公司【新聞話題】的節目訪問。此則訪問的播出日期為二〇〇一年一月十七日，訪問者透過電話連線，對消基會副秘書長進行訪問，討論主題為「中華電信室內電話新費率對消費者之影響」（對話過錄符號說明請見附錄二）。分析重點有二：

第一，本書認為此個案訪問者在「引發公眾意識」上符合本章之前建立的標準，所以個案分析的第一個部分主要探究訪問者如何依訪問主題，建立公眾意識，包括：（1）具體描述事件背景，連結一般閱聽人與新聞事件的關係，將閱聽人定位成中華電信消費者；（2）將訪問重點放在消費者（個人）可以採取的行動上，將之視為有行動能力者。與這兩個目標有關的語言工具包括問問題、闡述整理以及可以透過人稱代名詞引發閱聽人涉入。（相關語言工具及可能的使用意義請見本書第三章）

第二，本書認為此個案訪問者在「建構公眾」標準上尚嫌不足，所以本章將此個案當成反例，探究訪問者如何未能「建構公眾」，然後提出積極建議，包括：（1）以消費者「公眾」角度替代消費者「個人」角度；（2）與受訪者進行溝通，共同討論閱聽人形成（消

費）公眾的阻礙與各種可能。與這兩個目標有關的語言工具除了問問題及闡述整理外，還包括句法和及物動詞。

　　此個案的提問結構清楚，且符合引發相關意識、建立主動消費者個人及建構公眾之順序，因此以下分析將依訪問順序進行。

一、建立公眾意識

（一）引發公眾意識

　　此個案訪問者在 Q1 至 Q3 三個問題中，將閱聽人定位成中華電信消費者，同時藉由重音的強調、字彙的選擇、闡述整理的功能與附加問句的擇用等，將問題放在中華電信消費者面臨的不公現狀（Q1）、中華電信是否觸法（Q2），以及是否有對消費者更有利的計費方式（Q3）等，有效連結閱聽人與訪問主題的關係。以下進行詳細分析。

　　訪問者在 Q1 先描述中華電信推出的費率方案（下例 1-3 行），提供閱聽人此事件之背景資訊。在此段陳述中，訪問者一方面以重音強調費率有「五種」，加上「計算的方式『也』很複雜」，將中華電信費率方案描繪成「多」與「繁複」，凸顯「很多人都搞不清楚」。另一方面，她指出選擇新方案之期限為「一月二十號」，不選擇它便「硬性規定」，並將其描繪的狀況與（中華電信）「用戶」作一連結，提問：「對於這些『用戶』來說是不是太不公平？」，建立此事件與中華電信消費者的關係：

1. Q1：這一次中華電信推出費率方案一共有五種喔. 計算的方式也很複雜哦。那麼一月二十＝
2. A：　　　　　　　　　是的。　　嗯是　　　　　　　是是
3. Q1：＝號不選擇它就硬，就是硬性規定（ ）
4. A：　　　　　　　　　對就把你規定的一個:我們看起來好像:最不划算的一個方式。對
5. Q1：　　　　　　　　　　　　　　　　　　　　　　　　　對＝
6. Q1：＝那麼很多人都搞不清楚對於這些用戶來說是不是太不公平？

接著，訪問者在 Q2 詢問中華電信是否觸法，將此問題與受訪者在 A1 的回答連結起來。訪問者在 Q2 先指出「室內電話是由中華電信獨佔」，並將受訪者在 A1 所言小結為:「沒有盡到充分的宣導」，用中華電信市場獨佔的優越性，襯托出中華電信不足之處，藉此引發中華電信是否觸法的疑問：

A1：……那現在的問題其實就出在中華電信是不是有充分告知這個消費者，那我想消費者如果看一看自己這個電話帳單……那宣導方面確實是不足。

Q2：嗯嗯，那麼在目前室內電話還是::中華電信獨佔的情況之下，他又沒有盡到充分的宣導，那麼，這樣子是不是有違反（.）公平或是有什麼消費的罰°則°？

值得注意的是，在 Q2 主要問題：「這樣子是不是有違反（.）公平或是有什麼消費的罰°則°？」中，訪問者先使用需提供可能答案的正反問句：「是不是有違反（.）公平」。不過，因為她無法道出正確的法規名稱，所以她接著改用疑問詞問句「什麼」，詢問中華電信「有什麼消費的罰°則°？」。如此一來，訪問者雖避免提供正確答案的責任，卻也暴露她對相關主題的無知，顯示此個案訪問

者對相關主題的瞭解程度不足，浪費一個提問的機會與時間，未能為受訪者的回答鋪路，直導問題核心。

到了 Q3，訪問者「闡述整理」受訪者在 A2 所言，強調中華電信未採用對「消費者」最有利的計費方式，凸顯中華電信所為不公，以及此事與消費者的關係。詳細分析可見，訪問者是先挑選受訪者在 A2 提及的南區行動電話業者之例（下例斜體字所示），將之轉換為「民營業者」，同時將受訪者原本包含主詞、受詞與行動過程的描述：「它基本上每個月你的費率出來後它就自動建議你……」，簡化為：「（民營業者）『可以』自行選擇」。強調電信業者其實具有選擇（對消費者）有利方案的能力：

A2：……*在這個嗯有一個這個大概是南區的行動電話業者，它的費率也有很多種，它基本上每個月你的費率出來後它就自動建議你，說你應該要採取哪一個費率，會比較便宜。那如果我們來看一看中華電信哦有沒有做這樣的一件事情*……

Q3：°嗯嗯°剛才您也提到°呃一°民營一業者在計算大哥大費率時候可以＜自行選擇，所以（.）事實是可以做到用電腦來計算，然後選一個對消費者最有利的，是不是？

而且，如上所示，訪問者在提問 Q3 主要問題時，先使用事實動詞「是」，將「可以做到用電腦計算，選擇對消費者最有利者」形塑成一項事實，然後用重音強調是（對消費者）「最」有利的方式。之後，訪問者再用含強烈預設的「是不是」附加問句，要求受訪者肯定：「事實是可以做到用電腦來計算，然後選一個對消費者最有利的」，顯示訪問者對此段敘述正確性的高度預設。

　　簡言之，訪問者在 Q3 先選擇並轉換受訪者部分所言，凸顯中華電信可做而未做之事——可用電腦選擇對消費者最有利的費率。接著，訪問者再使用附加問句，高度預設之前闡述整理的正確性，一方面徵求受訪者的同意，另一方面也凸顯此事對「消費者」的不公。將資訊對象對準（中華電信）「消費者」，為閱聽人設立與該事件有關的適當位置。

（二）賦予消費者個人行動力

　　將閱聽人定位成中華電信消費者之後，訪問者更從消費者個人角度出發，討論個別消費者行動的可能，賦予消費者行動力。這可從 Q5 看出。在 Q5 中，訪問者先引述網路訊息指出：「如果說『你』選錯了方案『可能』會多付一倍的錢哦」。其中，人稱代名詞「你」泛指所有人，可營造聽眾的涉入感。而且，雖然訪問者使用認知情態詞「可能」，顯示她對「選錯了方案會多付一倍的錢」一事的不確定，不過，她卻以重音強調「一倍的錢」，凸顯此問題對消費者「你」個人的嚴重性：

Q5：那麼，網路上還盛傳如果說你選錯了方案可能會多付一倍的錢哦。❶這對消費者來說＝
A：　　　　　　　　　　　　　是　　　　　　　　　　　嗯

Q5：＝是不是變相的加價？　　那麼(.)❷如果事後我發現我可不可以再追討，透過什麼管道。
A：　　　　　　　　(吸氣聲)

　　接著，就 Q5 包含的兩個問題（上例標示❶及❷）來說。問題❶是從第三者角度出發，以「是不是變相的加價」，問此事對消費

者的影響；問題❷則以第一人稱單數「我」作為主詞提問：「我發現我可不可以再追討，透過什麼管道」，讓訪問者涉入其中，代表消費者個人「我」，成為「發現」、「追討」行動的施為者。從這裡可以看出，訪問者不但從消費者角度提問，她更將自己放在消費者個人位置上，成為具有行動力的施為者。除了可引發閱聽人以消費者身份涉入，訪問者自己也成為消費者一員，與閱聽人身處同一陣線。

可惜的是，第一人稱單數「我」也顯示訪問者是從消費者「個人」角度出發，提問消費者「個人」可能行動的方向，而非從「公眾」出發。不僅如此，之後分析也顯示，當受訪者一樣是從消費者「個人」角度出發，並以此否定消費者個人行動的可能性時，訪問者也未能跳出消費者的「個人」層次，促使受訪者討論閱聽人形成「消費公眾」的阻礙與可能性。使得在此議題上，消費者成為無能為力的個人。

二、建構公眾

以上分析指出，雖然此個案訪問者將閱聽人定位成主動的消費者，但她傾向將閱聽人視為消費者「個人」，忽略個別消費者形成「公眾」的可能。因此，當受訪者也從消費者「個人」層次出發，不斷否定消費者個人行動的必要性及可能性時，訪問者便隨受訪者而走，使閱聽人定位逐漸轉變成「無能為力的消費者個人」，毫無形成（或討論如何形成、其中障礙為何等）消費公眾的

可能。以下詳細分析此過程，並從此個案的不足之處，提出積極
的實務建議。

　　訪問者在 Q4 以消費者為主詞，使用被動式，以正反問句提
問：「是不是消費者只好被予索予求了」。雖然訪問者在此省略提
問之前提及的施為者「中華電信」（下例斜體字所示），但在文脈
中，我們都可以知道這個問題應為：「是不是消費者只好被（中華
電信）予所予求了」：

Q4：＞所以＜你剛提到一個服務的精神喔(.).對，可是在目前市內電話還是 *中華電信::*所謂的＝
A：　　　　　　　　　　　　　　　　　　　　　　　是是.

▶ Q4：＝獨佔哦，那麼在這段時間在開放民營之前，是不是消費者只好被予索予求了.
A：是的(.)欸是.　　　　　　　　　　　　　　　　　　　　欸是

　　不過，受訪者並未直接回答訪問者的問題。反之，受訪者在
A4 先提及消費者長期處於弱勢（下例第 1 行），指出只有民營業
者進入市場才有可能「在競爭上能形成一個很良性的互動」（下例
第 3-5 行）。換言之，受訪者等於間接肯定 Q4 提出的問題：「消費
者只好被（中華電信）予索予求」，而且認為這樣的消費者處境，
要等到開放民營後才有可能改善：

▶1. A4：……這個消費者長期也是在處於弱勢，雖然我們看到最近有一些這個立委蠻關心這個問
2.　　　題，但是好像比較集中在行動電話這個部份，對於市話這部份大家並沒有:::真的來花這
▶3.　　　麼多的心力在這個地方，那我們希望將來很快地有三家民營業者出來以後，在競爭上能
4.　　　形成一個很良性的互動。……以前是也沒有門號，價錢硬得不得了，一開始競爭以後什麼
5.　　　都有了，什麼都好了。

　　雖然受訪者在 A4 否定消費者個人行動的可能性，但訪問者並未在接下來的 Q5 中「闡述整理」受訪者在 A4 所言，或追問「消費者只好被予索予求」的箇中原因。反之，訪問者改以主動式，使用人稱代名詞單數「我」，將自己放在個別消費者位置上，詢問個人可以採取的行動：「我可不可以再追討（多付的錢）」。這等於縮小範圍，將重點放在追討多付的錢上，重新提問消費者個人行動的可能性：

Q5：那麼，網路上還盛傳，如果說你選錯了方案可能會多付一倍的錢哦。這對消費者來說是不是變相的加價？那麼（.）如果事後我發現我可不可以再追討，透過什麼管道？

　　不過，這個問題依然得到受訪者消極回應。受訪者在 A5 直接指出，消費者（個人）若採取行動是非常划不來的。這包括他重複兩次「爭議會非常的大，會非常的大」，強調難以從法律層面判斷。同時，受訪者一樣使用人稱代名詞單數「你」，將消費者界定在個人層次，認為消費者個人行動將勞心耗時，而且與個人損失相比將「更划不來」，等於否定消費者個人行動的可能性及必要性：

A5：……那能不能去追討哦，我想這個在程序上跟實質上相當難認定，像我們剛剛講到這個到底有沒有充分的告知哦，那中華電話它確實，它做了一些動作，那這些動作能不能被認為說充分告知，還是說沒有完全的告知，我想這個爭議會非常的大，會非常的大，那而且對這個消費者來說如果，在這個中間你一些行政程序可能你花的精神跟時間哦，比起來跟你損失的電話費可能是更－更划不來。

　　在如此否定的答案下，訪問者在接下來的 Q6 中依然未闡述整理受訪者在 A5 的回答。她依然站在消費者「個人」立場，承繼她曾在 Q5 提問的「申訴管道」問題（「如果事後我發現我可不可以再追討，透過什麼管道？」），在「具有申訴管道」的假定下，於 Q6 使用「嗎」語助詞問句提問，請受訪者提供申訴管道：

Q6：嗯，目前有相關的申訴管道嗎？可能大家連要去哪裡申訴都不知道。

　　然而，受訪者再次抑制消費者（個人）行動的可能。因為受訪者雖然在 A6 提及「消基會會是一個好的管道」，不過，他不但未進一步說明消基會這個申訴管道，還接著「重申」兩次「認定上非常地困難」，顯示就算透過消基會，消費者也難以解決此一問題：

A6：我想甚至很多人可能連這個價格是怎麼調漲怎麼一回事都還不太知道哦，＞都還不太知道＜。那這個申訴管道::嗯:當然消基會會是一個方，會是一個好的管道哦，不過我還是想重申一下，就是說這個在認定上非常地困難，認定上非常地困難。……

　　訪問進行至此，閱聽人定位已從一開始的「主動的消費者（個人）」，轉變成「無能為力的消費者」。深究此過程，本章認為有兩個關鍵點，值得討論：

　　第一，訪問雙方都是從消費者「個人」層次考量，集焦於消費者「個人」可以採取的行動與利害得失，如受訪者在 A5 比較消費者「個人」在行政程序上花的精神和時間，以及「個人」損失的電話費。以此反例思考，本章認為，訪問者如果能跳出「個人」

層次，將消費者視為因應問題而起的公眾，是具相互溝通、學習、共同商議行動對策與集結的團體，那麼此則訪問便能從以下兩方面，嘗試改變：

1. 訪問雙方不再因為「中華電信未能提供充分資訊」，抑制消費者行動。反之，「中華電信未能提供充分資訊」本身，便是值得關注及討論的消費議題。

2. 訪問雙方不再用「個人精神、時間」與「個人損失的電話費」衡量得失。反之，訪問雙方會思考如何引發消費者意識，促進消費公眾的溝通，增強消費公眾的知識與能力，發展行動對策，爭取消費者整體的權益與公平，甚至討論阻礙公眾形成的障礙等。而這些也同時呼應受訪者代表的機構——消基會——宗旨：「推廣消費者教育、增進消費者地位與保障消費者權益」（取自消基會網站 http://www.consumers.org.tw）。

也就是說，訪問者若能抱持本章建構的公眾想像，她將不會將消費者行動的可能性侷限於個人層次，便能進一步挑戰或拓展受訪者提出的，關於消費者個人無能為力的說法。

第二，從以上分析可以發現，訪問者並未善用「闡述整理」功能，促使受訪者說明閱聽人未能形成消費公眾的原因。反之，訪問者僅以問題重複提問，一味以受訪者提供的答案為主，旨將受訪者的意見單向地傳播給閱聽人。這也可從此個案的最後兩個問題 Q7 及 Q8 看出，包括此二者皆為探測型問題，旨在歸結受訪者所言（Barone & Switzer, 1995: 101），且以直述句問句形式出現，顯示訪問者對自己作的總結有高度確定性，並要求受訪者確認：

Q7：嗯嗯. 所一所以您還是一開始就提到，其實它的資訊沒有充分的說明.

Q8：嗯嗯所以您覺得消費者處於弱勢只有等到開放固網市場以後，才會，進入一個真正的消費導向。

　　事實上，受訪者依然堅持「消費者無能為力」的看法，例如他在 A7 再次說明中華電信的服務精神與民營業者不同，在 A8 再次強調「等待開放固網市場」才是最具體的方法，並且以「很多東西並不是我們消費者可以充分瞭解的……實質上也不會有太多的改變」，為消費者行動的可能性與必要性下了最後的否定答案：

A7：是的我想這個資訊沒有充分的說明哦，其實只是中華電信嗯，裡面的一個一個問題，就是它整個那個服務的精神哦，跟一般這種所謂完全民營的這種業者是不太一樣的……。

A8：我想這個是，這是最具體的因為::以現在的一個狀況消費者當然有很多管道來，來發出它的聲音哦，那這個中華電信也可以有各種理由哦來說明它為什麼不能做這個東西，那很多東西並不是我們消費者可以充分瞭解的，所以呢在這一來一往之間哦，時間也就過去了哦，但實質上也不會有太多的改變，如果有改變的話坦白講過去幾十年早就變了，不會等到現在。嗯說我們來講講話它就變了。欸。

　　在受訪者一再否定消費者行動的可能性與必要性的情況下，若訪問者依然抱持傳統新聞訪問強調的，新聞訪問者的主要任務在將受訪者所言傳達給閱聽人，保持中立，而非涉入其中，與受訪者進行雙向溝通（Clayman & Heritage, 2002; Schudson, 1994: 581-583），那麼訪問者不但無法幫助閱聽人形成公眾，更可能壓抑了閱聽人組成公眾的機會及行動。

　　本章認為，記者在訪問專家時，不但要避免過度依賴專家（Merritt & McCombs, 2004: 97），或只是重複專家所言（Charity, 1995: 81），忘卻公眾角度及需要。更重要的是，當受訪專家未能從公眾角度出發時，廣電新聞訪問者應抱持積極的溝通態度，促使受訪者共同討論形成公眾及採取行動的可能。因為廣電新聞訪問是一個動態的溝通過程，單是訪問者將閱聽人想像為公眾，並不足以成事。

肆、小結與建議

　　本章探究廣電新聞訪問者如何運用語言，達成其應有的公眾想像。本章借取杜威的公眾主張，並納入廣電媒介特質，建議廣電新聞訪問者應提供良好的相關資訊，引發閱聽人的公眾意識，並將公眾形塑成具溝通、學習與行動能力之團體。

　　透過個案分析，本章指出廣電新聞訪問者如何利用問問題、闡述整理與重音等，提供閱聽人相關背景資訊，構連新聞事件與閱聽人的關係。並且使用人稱代名詞單數「你」與「我」，引發閱聽人涉入感，將自己放在閱聽人的位置上，成為與新聞事件有關的主動消費者。

　　此外，將此個案作為「建構公眾」的反例可以發現，訪問者如何從消費者「個人」角度出發，向受訪者提問消費者個人可以採取的行動，未將閱聽人視為消費「公眾」。對此，本章根據之前提出

的理論，建議訪問者一方面要跳脫閱聽人為個人之集合的想法，改從公眾角度出發，與受訪者討論閱聽人形成公眾的可能阻礙與行動方向；另一方面，訪問者也要摒棄傳統新聞訪問者不應涉入的主張，考量閱聽人作為公眾的需要，將受訪專家視為溝通對象，促使受訪者討論閱聽人形成公眾之阻礙、可能與可行之道。發揮廣電新聞訪問的公眾功能。

最後，本章提出未來可繼續探究的兩個研究方向。一是針對廣電新聞訪問者的表演特質，研究訪問者如何在訪問文類限制下，與受訪者進行溝通，為公眾溝通立下示範，達成廣電新聞媒體教育公眾的目的；二是納入其他情境條件的考量，如時間、議題性質、閱聽人與受訪者的相關知識背景等，討論廣電新聞訪問者如何在這些條件限制下，使用哪些語言工具，幫助閱聽人形成公眾，達成其公眾目標。

第五章　廣電新聞訪問者如何「用語言聽」

壹、前言

　　「聽」在人類語言溝通中佔了非常重要的部分。研究指出，每個人用來溝通傳播的時間平均約有百分之四十五是用來聽（Killenberg & Anderson, 1989／李子新譯，1992；林仁和，2002）。但一般人容易認為傾聽就像呼吸一樣自然，因此忽略傾聽的重要，寧願將多數時間花在其他溝通技巧如說話、閱讀及書寫上，卻極少學習傾聽的技巧（Adams & Hicks, 2001／郭瓊俐、曾慧琦譯，2004：48；Adler, & Towne, 2002／劉曉嵐等譯，2004）。

　　新聞工作者同樣低估傾聽的重要。Killenberg 與 Anderson（1989／李子新譯，1992）批評新聞教育普遍忽略培養記者傾聽的能力，而記者本應充分發展這種「最受忽略、教得最少的基本傳播過程；但相反，他們過高估計了自己有關聽的技巧」（p. 121-122）。就連新聞傳播研究也鮮少討論「傾聽」這件事。

　　「傾聽」常被視為發生於個人心理內部（intrapersonal）的溝通活動（Rhodes, 1993: 220），如 Wolvin 與 Coakley（1996: 69）提出傾聽三要素為「接收」、「注意聽覺與視覺刺激」與「賦予意義」皆屬於個人心理活動。在此種概念下，研究者欲捕捉存於聽者個人內心的黑盒子，關注聽者個人的資訊處理活動，鮮少考量外部談話情境。

　　然而，回想日常對話便可發現傾聽絕非只是個人內心的活動，而是發生在情境中，是動態的、過程的、選擇的、具創造力的，涉及每一刻的詮釋與回應（Barone & Switzer, 1995），同時與建立談話參與者的關係有關（Rhodes, 1993; Nichols, 1995／邱珍琬譯，2003; Wolvin & Coakley , 1996）。更重要的是，傾聽涉及各種語言資源（包括身體語言）的運用，如聽者以點頭或重複等方式表示傾聽（Svennevig, 2004; Wolvin & Coakley, 1996: 69）。談話者及研究者都只能透過回應得知傾聽是否已經發生，故回應（response）應是傾聽的必備要素（Adler, & Towne, 2002／劉曉嵐等譯，2004；Rhodes, 1993；Verderber, 1995／曾端真、曾玲民譯），Rhodes（1993: 223-224）甚至認為唯有能做出適當回應者才算真正具有傾聽的能力。

　　尤其廣電新聞訪問主要由訪問者提問、受訪者回答，雙方以一問一答的方式進行互動（Schudson, 1994; Clayman & Heritage, 2002: 7-8），訪問者不可能停留在心理層次，只聽不說（問）。「問題」不但是新聞訪問者向受訪者索取資訊的重要方法，也是主要的傾聽工具（Barone & Switzer, 1995）。而從對話分析角度來看，受訪者的回答更是判斷訪問者傾聽是否有效的最佳證據。

　　從訪問雙方的言談互動研究訪問者之傾聽，一方面較貼近訪問者傾聽的活動本質，另一方面也可從具體的語言使用探討如何培養新聞訪問者的傾聽能力，因為談話互動方式會影響人們傾聽的能力及習慣。Cook（1999）研究比較美、日兩國的課堂互動方式指出，美國師生在課堂上的互動次序為「教師提問－學生回答－教師評估」（Initiation-Reply-Evaluation），亦即教師問學生問

題，被問到的學生回答，然後再由教師評估學生的答案。此種互動方式讓教師成為作答學生主要互動的對象，其他受到忽略的學生也無須傾聽作答學生的答案。反之，日本小學的上課互動次序為「教師提問－某生表達意見－其他學生回應該生－教師評估」（Initiation-Presentation-Reaction-Evaluation）。[1]此種互動方式要求其他學生回應作答學生，所以其他未發言的學生必須傾聽作答學生所言，從而培養出傾聽的習慣，讓日本人比美國人更善於傾聽。

　　簡言之，本書將研究焦點從訪問者個人的心理活動轉移至訪問雙方的語言使用，主張從新聞訪問雙方的言談互動著手瞭解訪問者之傾聽過程。

貳、傾聽為言談協力行動

　　傾聽是在談話雙（多）方的言談互動中完成，有賴談話雙（多）方的協力合作，即使一般被視為只是生理活動的「聽見」（hearing）也不例外（Svennevig, 2004: 493）。根據 Svennevig（2004），傾聽不但需要談話雙方的協力合作，更有高低層次之分（見表一）。

---

[1]　雖然同樣使用「教師評估」一詞，但日本教師所做的「教師評估」卻與美國教師不同。Cook（1999: 1452）指出，在日本教師的評估中，鮮少出現一些美國教師慣用的評論，如「好」（good）、「非常好」（very good）及「好的」（all right）。在評估時，日本教師通常是提示其他學生要聽發言學生所言，或是給予支持性的評論。

表一　傾聽的協力行動階層

層次	Clark 的「協力行動階層」		Svennevig 的研究
	發話者 A 的行動	受話者 B 的行動	
4	A 提議（proposing）協力計畫 w 給 B	B 考慮（considering）A 的提議 w	-- 如「問答語對」（adjacency pair）
3	A 示意（signaling）P 給 B	B 確認（recognizing）A 的示意 p	理解（understanding）如「複述」（paraphrase）
2	A 展現（presenting）信號 s 給 B	B 辨識（identifying）A 展現的信號 s	聽見（hearing）如「重複」（repeat）
1	A 為 B 執行（executing）行為 t	B 注意（attending）A 執行的行為 t	--

資料來源：Clark（1996: 152）；Svennevig（2004）

　　Svennevig（2004）利用 Clark 提出的協力行動階層（a ladder of joint actions），研究說母語的政府機關辦事人員如何透過「重複」（repeat）及「複述」（paraphrase）與非母語的辦事民眾互動。他的研究指出每個傾聽層次都需要發話者及受話者的談話協力合作（見表一）。當發話者 A「重複」受話者 B 所言（s），且為受話者 B 所辨識，雙方便共同完成第二層的「聽見」協力行動；當發話者 A「複述」——用自己的話重新敘述受話者 B 所言（p），並獲得受話者 B 的確認，便完成第三層的「理解」協力行動。而一問一答組成的「問答語對」[2]因是由發話者 A 向受話者 B 提問（w），受話

---

[2] 「問答語對」指的是成對出現的問題及回答。當對話的一方提出問題，另一方便面臨回答的規範壓力，即「問題」排除了「回答」以外的可能性，讓提問者促使他人對自己說話，且集中在提問者選擇的主題上（Goody, 1978: 23）。

者 B 考慮發話者 A 的提問（w），所以只要談話雙方使用問答語對便可進入第四個層次（p. 493）。

Svennevig（2004: 493）強調上述所有協力行動皆有賴談話者的協力合作，而且根據 Clark（1996），這些階層具有不可跳過或逆轉的先後關係。亦即談話者要達到上層協力行動就須完成下層協力行動，Clark 稱之為「向上完成」（upward completion），而一旦達到上層協力行動便可證明其下各層協力行動都已完成，Clark 稱之為「向下證據」（downward evidence）。舉例來說，談話雙方使用「問答語對」互動（第四層）便表示其已完成「理解」（第三層）及「聽見」（第二層）這兩層協力行動（Svennevig, 2004）。

Svennevig 的研究聚焦於對話者如何在政府機關此種機構情境中，透過「重複」、「複述」完成聽見及理解行動，對以「問答語對」達成的第四層行動並未多加著墨。然而，「問答語對」卻是新聞訪問者傾聽的重要語言資源，值得探究。以下我們闡述新聞訪問者的傾聽特徵，瞭解如何研究之。

參、廣電新聞訪問者的傾聽階層

根據對話分析，廣電新聞訪問是與工作有關（task-related）的機構談話（institutional talk），有一定的言談互動結構傾向，不同於一般日常對話（Heritage, 1985; Heritage & Greatbatch, 1993; Drew &

Heritage, 1992），也連帶影響廣電新聞訪問者的傾聽活動。本章以下分析廣播新聞訪問個案，研究訪問者如何透過言談互動達成「聽見」、「理解」與「傾聽」等協力行動。

一、「聽見」與「襯托型反饋形式」言談（back-channel）「嗯」

　　表面上看起來廣電新聞訪問只是訪問者與受訪者進行的談話活動，但事實上，它的主要對象卻是那些未直接參與訪問的閱聽人（Schudson, 1994; Clayman & Heritage, 2002）。廣電新聞訪問是為了閱聽人而作，閱聽人才是真正的言談接收者，所以訪問者通常避免使用日常對話受話者用來表示聽見的「襯托型反饋形式」言談「嗯」，好將受話者角色交付給閱聽人（Heritage & Greatbach, 1993）。此外，訪問者也很少「重複」受訪者的話，因為這一方面可能打斷受訪者、打擾閱聽人收視／聽，另一方面也容易讓受訪者以為訪問者是在問問題（Jucker, 1986: 114）。

　　從這個角度來看，廣電新聞訪問者似乎不需要透過語言執行「聽見」行動。但實際觀察廣播新聞訪問卻可發現訪問者還是不免使用「嗯」。在那些互動方式類似日常對話的「對話型新聞訪問」（Fairclough, 1995; Scannell, 1991; Tolson, 2001）中，訪問者常使用「嗯」展現其「聽見」受訪者所言，將自己設定為受話者，營造對話的感覺，如飛碟電台【飛碟早餐】之新聞訪問（對話過錄符號說明請見附錄二）：

（例1）[飛碟早餐：88：2003/9/18]

1. IE：＝我覺得昨天的那個呃，行政院發言人的轉述哦。

→2. IR：嗯。

3. IE：我覺得有斷章取義哦，而且把很多東西截在一起，昨天晚上後來中天有訪問我們嘛，＝

→4. IR：　　　　嗯哼

5. IE：＝哦那，結果他一講出來之後，連中天的主持人都講，說＞曖你把馬市長的話濃縮了＜。

6. IR：嗯。

7. IE：事實上，我覺得哦，我在這裡哦，鄭重地要求行政院公布昨天，我們院會的發言記錄＝

→8. IR：　　　　嗯　　　　　　　　　　　　　　　嗯

9. IE：＝也就是說，讓，最好把錄音帶都公布出來。

　　不過，即使在中廣【新聞話題】此種傳統新聞訪問中，訪問者也無法完全避免使用「嗯」。因此這裡出現一個有趣問題，即訪問者既然不需要使用「嗯」來展示「聽見」，那麼他／她用「嗯」作什麼？

　　首先，當受訪者說的話到某一個可能結束的段落時，訪問者會用「嗯」顯示他／她聽到受訪者所言，同時藉此讓出發言權，鼓勵受訪者繼續發言：

（例2）[中廣新聞話題：B01：2001/1/9]

1. IE：嗯，我今天在網路上面看到這到消息的時候，我也蠻驚訝的哦，因為，我一開始以為

2. 　　嗯，蔡明華女士她是在某一個場合跟記者非正式開玩笑講的話，然後來我細讀的相關

3. 　　報導全文，我覺得她好像是想要用一個比喻，來說明嗯呂副總統跟新新聞之間這場官

4. 　　司，嗯呂副總統的這些委屈跟無奈，哦。那我想她用的這樣一個比喻呢，嗯，就我個

→5. 　　人看法呢，我覺得不是很適當。呃因為她這樣做不見得能夠搏取到民眾對呂副總統的……

→6. IR：　　　　嗯嗯

　　而要判斷訪問者的「嗯」是讓出發言權鼓勵受訪者繼續發言的最好方法是找一個失敗的例子。以例 3 來說，訪問者並未在受訪者作答完畢（第 3 行）後提問，而是在第 4 行使用「嗯嗯」讓出發言權。但因為受訪者於第 5 行使用「欸」將發言權丟還給訪問者，訪問者才在第 6 行提問，然後受訪者跟著回答：

（例 3）[中廣新聞話題：B05：2001/1/17]

1. IE：……那我想如果用中華電信的這些:::消費者就知道您過了十二點以後，晚上，或是快到十
2. 　　二點的時候大概○八○就，就很難打進去，就因為人很少或根本就，不能用，我想這就
3. 　　是一個企業精神，跟一般民營很不一樣的地方。

→4. IR：嗯嗯

→5. IE：欸。

→6. IR：嗯嗯所以您覺得消費者處於弱勢只有等到開放固網市場以後，才會，進入一個真正的消
7. 　　費導向。

8. IE：我想這個是，這是最具體的因為::以現在的一個狀況消費者當然有很多管道來，來……

　　以上過程顯示訪問者除了可用「嗯」展示聽見，也能用之讓出發言權，鼓勵受訪者繼續發言，但由於「嗯」不像「問題」有促使受訪者作答的規範壓力（Schegloff & Sacks, 1973: 295-7; 轉引自 Goody, 1978: 23），所以例 3 受訪者可以輕易地將發言權交還給訪問者，等到訪問者提問後再進行回答。

　　其次，根據本書作者對線上廣播新聞訪問者的研究訪談可知，訪問者也會藉由「嗯」應付廣播訪問現場播出的時間壓力。由於空中廣播不能容忍沒有聲音的空白，因此訪問者不但可以使用「嗯」填補言談互動的空白，爭取思考下一個提問的時間，也能藉此拖時間：

……如果今天他是一個（回答簡短的）受訪者，一個簡答題，就完蛋了，那有時候你可以（說）「那我想請問喔」，「我們也知道」，你看（這樣）拖了幾秒鐘。……如果時間不夠，我就要啪啪啪（講快一些），（如果時間太長）我可以再加上一些嗯嗯呀呀的。（03）

　　最後，當受訪者質疑（如例4）或直接指涉（如例5）訪問者之前提問內容時，訪問者也會使用「嗯」將自己放在言談接收者位置（成為受訪者質疑或指涉的對象），讓受訪者知道自己已經「聽見」受訪者所言：

（例4）[中廣新聞話題：B16：2001/1/8]
IR：嗯哼，監察官羈押權已經改歸法官喔，如果說，現在搜索權再歸給法官，檢察官的職權是不是;更被削減，那麼位階上會差別更大？
IE：這本來就不是同一個位階，因為檢察官就是原告。有原告跟被告跟要求跟法官同一個位階＝
IR：　　　　　　　　　　　　　嗯。
IE：＝嗎？這個不是＜高低的問題＞，這是制度的問題。……

（例5）[中廣新聞話題：C05：2000/12/19]
IE：我想您剛才所提的問題哦就是說噯:有關立法院立法院的事情哦　那::噯:我想這是一個政＝
IR：　　　　　　　　　　　　　　　　　　　　　　　　　　嗯.
IE：＝策上的一個事情:哦. 噯:::>所以所以這個這個＜(.)有關這個事情到目前為止是還沒有確定的一件事情.那我要特別一特別要說明.

　　簡言之，雖然廣播新聞訪問的主要對象是閱聽人，訪問者不需要在受訪者發言時使用語言表示「聽見」，但以上分析指出訪問

者會透過「嗯」校準當下言談互動，促使受訪者繼續發言或爭取時間。或是當受訪者指涉之前提問時，訪問者也會用「嗯」將自己設定為言談接收者，表示「聽見」。

　　值得說明的是，廣播新聞訪問者也意識到使用太多「襯托型反饋形式」言談可能會影響聽眾收聽，所以傳統新聞訪問者認為除非必要，否則應盡量避免使用：

　　　　……你會發現我在訪談中我很少嗯嗯呀呀。（除非有）必
　　　　要的（時候），因為我覺得那會干擾（聽眾收聽）。……
　　　　（03）

　　然而，什麼是讓訪問者不得不使用「嗯」的「必要」情況？由於傾聽是在訪問雙方言談互動過程中產生的微觀（local）語言行動，所以這「必要」情況也是在訪問過程中浮現。也就是說，沒有等到受訪者的言談行動，訪問者永遠不知道何時需要採取什麼樣的言談行動。我們將例 2 拉長來看，例 2 訪問者是在受訪者的回答已經有相當長度（例 2 訪問者平均在受訪者發言 4-5 行時才使用「嗯」，這比例 1 訪問者平均在受訪者發言 1-2 行時使用來得長），並在文意上聽起來像是「告一段落」，有停止作答的可能，包括第 5 行：「……我覺得不是很適當。」、第 10 行：「……講一點好像是苦肉計」及第 14 行「……哦鐘樓怪人，那還得了。」，才使用「嗯」促使受訪者繼續發言：

1. IE：嗯，我今天在網路上面看到這到消息的時候，我也蠻驚訝的哦，因為，我一開始以為

2. 　　嗯，蔡明華女士她是在某一個場合跟記者非正式開玩笑講的話，然後來我細讀的相關

3. 　　報導全文，我覺得她好像是想要用一個比喻，來說明嗯呂副總統跟新新聞之間這場官

4.　　司，嗯呂副總統的這些委屈跟無奈，哦。那我想她用的這樣一個比喻呢，嗯，就我個
→5.　　人看法呢，我覺得不是很適當。呃因為她這樣做不見得能夠搏取到民眾對呂副總統的＝
→6.　IR：　　　　　　　　嗯嗯

7.　IE：＝同情，但是首先呢，嗯她，在我看來她已經犯了一個很大的忌諱就是，她應該是要幫
8.　　呂副總統幫外界溝通的，但是她似乎是嗯用，就是，我不曉得應該應不應該這樣講哦，
9.　　就是說她似乎已經是用了非常極端的醜化自己的嗯這個老闆的方式哦，來搏取大家的同
→10.　情，這個在我們中國人講一點好像是苦肉計這樣的做法哦。那這樣的做法，事實上在＝
→11.　IR：　　　　　　　　嗯嗯

12.　IE：＝我的經驗裏面，這樣的做法不太能夠搏取大家的認同，因為人家會馬上先咬住妳的話
13.　　說，妳看妳妳你自己的發言人都說，哦自己的，這個副總統辦公室發言人都說副總統
→14.　是哦鐘樓怪人，那還得了。那那，難怪大家也會這麼覺得說副總統好像是一個什麼＝
→15.　IR：　　　　　　　　嗯嗯

16.　IE：＝樣的政治人物，所以我覺得她這樣的比喻是非常不恰當的。

二、理解與「闡述整理」（formulation）

　　在以閱聽人為導向的機構訪問中，訪問者常使用「闡述整理」將受訪者所言做部分選擇、集焦與延伸，重新整理受訪者的陳述（Heritage, 1985; Heritage & Watson, 1979）。透過「闡述整理」，廣電新聞訪問者除了可以為閱聽人整理受訪者提供的資訊及引導訪問，也能同時展示理解及欲維持此理解的誠意（Heritage & Watson, 1979: 138）。訪問者通常用之取代日常對話發話者用來展現理解的「複述」。

　　不過，廣電新聞訪問者的「闡述整理」只能單方面展示理解，要真正完成「理解」這個協力行動同樣需要受訪者的言談合作。最明顯的例子就像以下兩例所示，受訪者會透過「對」（例6）和重複訪問者所言（例7），表示贊成訪問者的闡述整理，形塑出訪問者理解無誤的印象：

（例6）[中廣新聞話題：B09：2001/1/18]

IR：＝嗯，事實上林捷良林主任一再提醒我們其實不必要過度地恐慌哦:因為事實上它對我們＝

→ IE：　　　　　　　　　　　　　　　　　　　　　對對

IR：＝人體的危害其實是,不是那麼樣的這個嚴重。是。那－但是我我想說除了銻之外哦:……

→ IE：　　　　　　　　　　　　　　對對對

（例7）[飛碟電台李艷秋合眾國：65：2003/9/1]

IR：嗯哼，所以，嗯:其實謝老師看說，四十加上十五，其實那個十五可能已經是內含了

　　喔,已經不能再外加了喔　已經，已經不是再外加，所以那個15其實不管怎樣＝

→ IE：　內含了，內含了，對。

IR：＝他們都不會去投連宋的啦。嗯,他再,再怎麼樣，就是說，嗯,天上下冰雹他也會去投給

　　阿扁的。其實這個十五已經在裡面了喔。所以，所以謝老師，那,那反過來看一下……

IE：　　對對　　　　　　　　　　　　對對

　　　　而且，即便受訪者反對訪問者闡述整理之內容，使用「闡述整理」本身還是讓訪問者得以片面展示他／她的理解及欲維持此理解的誠意（Heritage & Watson, 1979: 138）。更重要的是，在新聞訪問情境中，當受訪者反對訪問者所言，其通常會進一步提出反對的理由，提供更多資訊，此動作便讓訪問者的「理解」協力行動得以完成。以例8來說，受訪者在訪問者闡述整理之後（第3行），立即糾正訪問者對花蓮當地是「三步一崗五步一哨」的預設（第4行）（顯示受訪者接收到訪問者傳遞的資訊），並提出反對的理由：「因為，因為花蓮是一個＜很大很大＞的地方。」。然後當訪問者在第6行以「嗯哼」讓出發言權時，受訪者也提出更為完整的說明：

（例 8）[飛碟李豔秋合眾國：49：2003/7/31]

1. IR：所以現在就是說，我們前一陣子看這個::內政部喔，他這個大軍壓境，然後大家都用
2. 　　這個三步一崗五步一哨來形容。可是事實上好像就是說，有地面上跟地面下，還是有
→3. 　　一些暗道中的在進行喔。那::*問題是說*。
→4. IE：　　　　　　　　└不過，嗯你剛剛提到三步一崗五步一哨跟這邊的感覺也
5. 　　差很多啦。因為，因為花蓮是一個<很大很大>的地方。
→6. IR：嗯哼。
7. IE：你即使來這麼多人喔，你那一散佈下去根本看不到幾個人。所以你在花蓮市區……

　　不過，由於訪問者的闡述整理主要是為聽眾而作（這可從「闡述整理」之後沒有明顯讓受訪者有發言機會的停頓看出），所以除非訪問者所言有誤，必須更正，否則更多時候受訪者不會採取任何言談行動。如例 9 訪問者的闡述整理：「所以其實從性別裡面可能看不出來」之後沒有讓受訪者發言的停頓空間，而受訪者也未對此進行回應。這不但顯示訪問雙方都將聽眾當成闡述整理的接收對象，也同時形塑出訪問者所言無誤的印象，共同成就了訪問者的理解協力行動：

（例 9）[News98 阿達新聞檔案：82：2003/9/23]

IE：嗯，目前看起來，其實，嗯，從性別來看的話，那麼:::男女之間，就是性別來看的話，對於所謂的，藍綠的支持程度跟整體而言，並沒有一個非常，嗯::就是說，<顯著的一個差異>。我舉個例子……
→ IR：嗯哼，所以其實從性別裡面可能看不出來，但是從年齡層來看的話，那裡面就出現了一個……

　　當然，也有訪問者在闡述整理之後停頓，提供受訪者發言機會，如例 10：「就是一切就緒了（.）」。但例 10 受訪者沒有回應，這一方面顯示受訪者未將訪問者所言視為「闡述整理」的接收對象，另一方面也顯示訪問者的闡述整理無誤，故無須回應：

（例 10）[中廣新聞話題：B13：2000/12/19]

IR：
IE：　　　（ ）順利通航。
=
IR：　就是一切就緒了(.)是處長已經提到了就是:立法委員在本月底要先行試航……

　　總而言之，廣電新聞訪問者使用語言資源（如闡述整理）展現理解、為閱聽人整理受訪者所言及引導訪問方向，但要完成這些行動，訪問者都需要靠受訪者的言談合作（包括贊成、反對及沈默不回應）。值得說明的是，從對話分析角度來看，訪問者所言是「闡述整理」或「問題」，也要從受訪者的言談行動來判斷。以例 11 來說，當訪問者所言之後有明顯停頓，但受訪者沒有回應時，表示受訪者將之視為為閱聽人所做的「闡述整理」；反之，當訪問者所言有明顯停頓，而受訪者也進行回應時，顯示受訪者將之視為需要回答的「問題」，如例 12：

（例 11）[中廣新聞話題：B14：2001/1/11]

IR：是，大陸方面應該也能理解。

IE：是大陸方面即使現在有點懷疑的話慢慢也還是會理解。

（例 12）[News98 阿達新聞檔案：29：2003/7/31]

IR：>所以所以新黨<，新黨還是不認為說這是一個<自肥>，>就好像說<這只是一個福利性的:活
　　動而已。

IE：嗯:::我我我今天這樣講，我想不要，不要說什麼我們新黨認不認為這樣子……

三、傾聽與「問題」（questions）

　　根據 Svennevig（2004），當談話者「問問題」表示談話雙（多）方已經完成第三層「理解」協力行動，進入第四層——本章稱之為傾聽。但在廣電新聞訪問中，由於問答語對是訪問雙方互動的基本規則，訪問者握有「問問題」論述資源及討論新主題的權力（Clayman & Heritage, 2002; Hutchby, 2006: 126），不一定需要理解才能提問。以訪問者使用的問題類型來說，訪問者不需要理解受訪者所言便可提問事先準備好的「主要問題」，只有使用「探測型問題」要求受訪者解釋、澄清或確認，訪問者才需要完成理解動作。

　　本研究以下先針對探測型問題，分析個案訪問者如何運用此類問題完成理解（第三層的聽），同時藉個案指出，單一探測型問題只能讓訪問者完成當下的理解行動，並不能保證訪問者會汲取互動所得，增加自己對相關事件的理解。進一步，本研究主張，要達成傾聽，進入高於理解的第四個階層，廣播新聞訪問者（與研究者）必須跨越單一問答互動範圍，以問答序列作為行動（與研究）單位，將透過探測型問題所得之理解內容，納入之後的主要問題設計，方可達到傾聽。

（一）以「探測型問題」完成理解

　　當廣播新聞訪問者使用探測型問題，這表示訪問雙方已經完成第三層理解協力行動。舉例來說，例 13 訪問者在訪問開始的第二個問題中先小結受訪者的答案：「所謂的::神豬不能夠跟客家文化畫上等號」（第 5 行），然後以「就是說」帶出一個探測型問題：「客家神豬°不°代表客家文化」，請受訪者確認此言正確性：

（例 13）[飛碟李豔秋合眾國：61：2003/8/18]

1. IE：……大家誤以為只有::客家文化才有這個。所以我們不能把這個神豬的獻祭當成客家文化
2. 　　　的一個傳統。……因為這其實不是客家的一個文化傳統。哦:所以清水祖師三峽祖師那個
3. 　　　其實是更早更有名，當然我們(.)只是在這個時間點上忘了說，噯，清水祖師也有這個。
4. 　　　全台灣各地都有很多。
▶5. IR：是。所以林教授，所謂的::神豬不能夠跟客家文化畫上等號⌐＞就是說客家神豬°不°＝
▶6. IE：　　　　　　　　　　　　　　　　　　　　　　　　　　　　⌊絕對不能。對⌐
7. IR：＝代表客家文化＝
▶8. IE：＝不代表客家文化，閩南人也有這個。所以……

　　從受訪者第 6 行回應：「絕對不能。對。」及第 8 行複述訪問者所言：「不代表客家文化」可知例 16 訪問者的理解正確：「客家神豬°不°代表客家文化」。訪問雙方在一問一答互動中協力完成訪問者的理解行動，同時向閱聽人確認訪問者的理解（內容）無誤。

　　值得注意的是，雖然例 13 訪問雙方在單一問答中共同完成理解協力行動，但跨出單一問答範圍卻可以發現，訪問雙方在這一番達成的理解並未延伸至後面的問答互動。因為例 13 訪問者雖然瞭解「客家神豬°不°代表客家文化」，但在之後第四個問題中，她又將神

豬與客家文化連結起來：一方面使用否定疑問句「沒有……嗎？」，
強烈預設「客家文化對神豬的堅持」，意欲受訪者同意此敘述（湯廷
池，1981：223）；另一方面在「描述客家人飼養及宰殺神豬」上，
她用較大音量強調（神豬）「大的」及「殺」，以重音強調客家人飼
養神豬的過程：「養養到這麼肥」，凸顯客家人對神豬之作為：

IR：嗯。所以林教授，客家族群。您－您對他們整個的一個::::呃:文化上的了解，他們對於神
豬是否真的要一隻這麼大的，然後從活豬就從小開始養養到這麼肥，然後到最後給他
殺。他們（.）整個客家的文化裡面他們並沒有要如此的堅持了嗎？

　　面對訪問者的提問，受訪者只好「再強調一次」神豬並非客家
文化特有，同時重複之前已經提供的資訊：

→ IE：所以我們想我們再::再強調一次哦，就是說這種把他養的很大，就是說用豬來祭拜不是
客家特有的，然後把豬養的很大也不是客家特有的，同樣的在閩南的其他的廟裡，或者
清水祖師、三峽祖師廟都有。那現在從宗教學的角度來講，為什麼要找一隻很大的豬，……
對你這個祭祀的物品的（.）不尋常本身，也更能夠把這個祭典給神聖化。

　　從上可知，若訪問者使用探測型問題完成的理解不能延續至之
後的主要問題設計，受訪者可能再次重複、說明或澄清之前提及的
舊資訊。這對分秒必爭的廣播新聞訪問來說，等於浪費寶貴的時間
資源在之前已經表明且獲得「正確理解」的資訊上。
　　簡言之，本章認為在廣播新聞訪問中，問問題本身不能保證理解
協力行動已經完成，理由有二：第一，訪問者擁有提問的權力，可以提
出與受訪者當場所言無關，已經事先設計好的「主要問題」；第二，即

使隨受訪者所言發展出的「探測型問題」可以證明訪問雙方已經完成理解協力行動，但訪問者如果不能將單一「探測型問題」形成之理解延至之後主要問題的設計，受訪者可能浪費寶貴時間再次說明之前已經獲得理解的資訊。這也顯示訪問者並未進入比理解更高一層的傾聽。

（二）以「主要問題」擴展理解

　　本書主張廣電新聞訪問者要達到傾聽必須跨出單一問答語對範圍，將他／她透過探測型問題形成的理解納入之後主要問題的設計，因此研究者研究傾聽也得跨出問答語對範圍，以問答語序作為分析單位。以下我們用之前提及的例 8 說明訪問者如何將訪問中形成的理解納入主要問題設計，邁入傾聽活動。

　　例 8 訪問者詢問受訪者花蓮縣長補選的查賄狀況。之前提及，當受訪者挑戰訪問者對花蓮「三步一崗五步一哨」的描述（Q4）時，訪問者的反應是停止提問（第 3 行），並在受訪者說明之後以「嗯哼」（第 6 行）讓出發言權，促使受訪者提供更多資訊，而受訪者也因此繼續他的回答（第 7 行）：

（例 8）[飛碟李豔秋合眾國：49：2003/7/31]

1. Q4：所以現在就是說，我們前一陣子看這個::內政部喔，他這個大軍壓境，然後大家都用
2. 　　這個三步一崗五步一哨來形容。可是事實上好像就是說，有地面上跟地面下，還是有
3. 　　一些暗道中的在進行喔。那::問題是說。
4. A4：　　　　　　　　　　不過，嗯你剛剛提到三步一崗五步一哨跟這邊的感覺也
5. 　　差很多啦。因為，因為花蓮是一個＜很大很大＞的地方。
6. Q：嗯哼。
7. A4：你即使來這麼多人喔，你那一散佈下去根本看不到幾個人。所以你在花蓮市區……

在受訪者說明（A4）之後，訪問者在 Q5 闡述整理（同時獲得受訪者「對對對對對」的贊同，表示內容正確無誤），然後使用高度確定的附加問句「對不對？」要求受訪者確認「你覺得並沒有像，＜所謂的＞草木皆兵這麼嚴重」：

Q5：就是說我們不能用人口密，密，密度來看，因為它還有地大的問題「那有時候＼＝
A：　　　　　　　　　　　　　　　　　　　　　　　　　對對對對對」
Q5：＝可是我們因為透過電子媒體，因為它是，比較直接有這個聲光效果的，甚至還看到什
　　麼，呃觀光客被盤查。可是你在當地這幾天下來，其實你，你覺得並沒有像，＜所謂的
　　＞草木皆兵這麼嚴重，對不對？

至此，訪問者獲得的資訊為：雖然警察看起來人數眾多，但因為花蓮地大，所以警力分佈的密度並不如想像中來得高，與她原來以為花蓮當地「三步一崗五步一哨」的設想不同。進一步，她將自己透過 Q5 探測型問題獲得的理解納入 Q6，先指出「三步一崗五步一哨」的緊張氣氛（因為此預設已經不成立）並非影響選舉的最後關鍵（見以下箭號所示）：

A5：沒有。像，呃像我們在，……你大概也很少會碰到盤查或什麼的，就是說那個氣氛是。所以，
　　這樣的氣氛其實在花蓮並沒有那麼強烈啦。
Q6：所以它這個氣氛並不強烈的話，呃本來你看，最近大家一直在探討就是說，因為你這樣可
　　能造成花蓮人士的一些反彈啊等等，情緒上的。那事實上，是不是就你在當地的感
　　覺，也並沒有這麼嚴重，這個，並不是影響選舉最後的關鍵，＝

訪問者在 Q6 排除「三步一崗五步一哨」的緊張氣氛因素後，再使用闡述整理形成 Q6 的主要問題：「關鍵還是在於，這個已經到小盤的錢是不是能到，更直接當事人的手上，大家有實質的感受。」。進一步分析可知，Q6 主要問題的內容尚包括受訪者於 A2 及 A3 的回答。首先，對於受訪者於 A2 提及的兩個影響選情關鍵：「檢調單位是否能夠遏止」及「賄選過程」，訪問者選擇忽略前者，選取後者凸顯賄選對選情的影響；其次，訪問者連結受訪者於 A3 提及的「賄選過程及過程調查不易」形成 Q6 的主要問題：

A2：是，除了說它[賄選]可以有各種傳言在，那種東西檢調單位到底有沒有辦法去，遏止那個部分喔，我覺得那才是關鍵。……已經見報大概都還不是關鍵。就是你現在這兩天開始會真正的錢灑下去那個過程。那，那是，那可能是會影響到選舉的結果。

A3：……因為，它[賄選的錢]現在就是，聽說，這邊就是說 已經發到小盤了，從小盤再分到個人去。那，這從小盤到，這個到，到個人家裡面去的時候喔，這個過程是不太容易查的。……

Q6：……關鍵還是在於，這個已經到小盤的錢是不是能到，更直接當事人的手上，大家有實質的感受。

以上分析展示訪問者如何善用探測型問題形成之理解，將之納入之後的主要問題設計。如此不但能避免受訪者重複之前所言，更能順利推進訪問，擴展自己及閱聽人的理解，進入高於理解的傾聽行動。

肆、小結與建議

　　本章將傾聽視為一種情境中的語言活動，主張廣電新聞訪問者的傾聽是透過論述資源的使用，在訪問雙方的語言互動中形成。本章參考 Svennevig（2004），將傾聽分為「聽見」、「理解」及「傾聽」三個層次，以廣播新聞訪問為個案，探討訪問者在各階段使用的主要論述資源，以及訪問雙方如何共同協力完成之。同時深入討論如何從語言互動角度，看待及分析廣電新聞訪問者之傾聽活動。

　　首先，在「聽見」層次上，由於廣播新聞訪問的主要接收對象是閱聽人，故訪問者常避免使用日常對話者用來表示接收到訊息的「嗯」。不過，對話型新聞訪問者常透過「嗯」的使用來營造對話感，拉近與閱聽人的距離。此外，傳統新聞訪問者也會用「嗯」讓出發言權，促使受訪者繼續發言，或在受訪者質疑或指涉之前提問內容時用「嗯」校準當下互動情況，將自己放在言談接收者位置，表示接收到受訪者所言。這些分析皆顯示廣電新聞訪問者的「聽」並非脫離談話情境存在的生理或心理狀態，而是訪問者使用語言互動的結果，也是一種對話工具。

　　其次，在執行「理解」行動上，廣播新聞訪問者偏向以「闡述整理」取代日常對話的「複述」。「闡述整理」是訪問者將受訪者所言作部分的選擇、集焦及延伸，重新整理受訪者陳述的一種論述資源，但它同時可展示訪問者的理解以及欲維持此理解的誠意（Heritage & Watson, 1979: 138）。而由於廣電新聞訪問者的闡述整

理主要是為了閱聽人而作，所以受訪者大多不會進行回應。值得注意的是，受訪者的沈默不回應與正面回應有同樣效果，亦即可形塑出訪問者小結正確無誤的印象。而且有趣的是，即使受訪者反對訪問者的小結，這反對的言談行動依然成就了訪問者的理解協力行動及欲維持理解的誠意。尤其在廣電新聞訪問情境中，受訪者通常會提出反對的理由，進一步增進訪問者與閱聽人的理解。

最後，根據 Svennevig（2004），當談話參與者使用問答語對表示其已完成「理解」協力行動，進入更上一層的「傾聽」，可惜 Svennevig 並未說明此階段的行動內涵。本書將此階段稱為「傾聽」，並針對廣電新聞訪問機構特性（如主要互動次序為「問題－答案－下一個問題」）指出訪問者的「問問題」並不能保證訪問雙方已經完成理解協力行動，因為訪問者可以提出脫離訪問情境，事先設計好的「主要問題」。而且，本書透過個案分析強調，訪問者隨受訪者答案發展的「探測型問題」只能證明訪問雙方已經完成此刻的理解動作，不表示訪問者已經進入高於理解的傾聽層次。

本書指出若廣電新聞訪問者未能將探測型問題得到的理解延續到之後的主要問題設計中，受訪者可能重複之前已經獲得訪問者理解無誤的資訊，浪費空中訪問最寶貴的資源——時間。本書建議廣播新聞訪問者若要達成高於理解層次的傾聽，首先應隨受訪者提供的答案發展「探測型問題」，藉此展現理解及傾聽，同時為閱聽人整理受訪者所言，向受訪者確認資訊的正確性。其次，訪問者應將受訪者提供的重要資訊納為己用，適時改變早已設計好的「主要問題」或發展新的「主要問題」，建立訪問雙方的互動關係。如此

新聞訪問者不但能夠有效地推進訪問，更能開始邁向溝通互動。而研究者也應跨出單一問答語對範圍，以問答語序為單位，研究廣電新聞訪問者之傾聽。

第六章　廣電新聞訪問者
　　　　如何視受訪者為獨特個人

藝人許瑋倫車禍重傷不治令各界譁然，中天記者前天（27日）在採訪許家人時，直接問許父「會不會擔心瑋倫不回來了？」[1]引起網友撻伐。中天網站塞爆網友抗議留言，痛批記者不專業、沒人性、職業道德蕩然無存，強烈要求中天出面向社會大眾道歉。（影劇中心，2007 年 1 月 29 日）

在上述新聞中，原本要取得新聞資訊的電視訪問反而成為新聞。這被批評的電視新聞訪問之所以「不專業、沒人性、職業道德蕩然無存」，主要因為該名記者的提問：「會不會擔心許瑋倫回不來了？」，一方面是個明知故問的問題，即作為人父者，怎麼可能在女兒車禍重傷時不擔心？另一方面，也因為記者忽略「許瑋倫回不來了」絕對是許父最不願意聽到，也最不願意接受的事情。

壹、前言

新聞教育常強調，一個好的新聞訪問者不該只將受訪者當成「消息來源」、「參與者」或「代言人」等單純的新聞素材（Merrill,

---

[1] 中天記者實際提問的問題並非如新聞稿中所寫：「會不會擔心瑋倫不回來了？」，而是「會不會擔心許瑋倫回不來了？」。

1977／周金福譯，2003: 55），而是應該瞭解受訪者的不同特質，照料受訪者個人感受。如 Killenberg 與 Anderson（1989／李子新譯，1992：71-74）建議，記者進行新聞訪問時應體認到「人都希望得到公允的對待」、「人們喜歡你怎樣對他，他便怎樣對你」、「沒有兩個相同的人」、「人都想滿足基本的需求」，強調記者應視受訪者為「人」；馮小龍（1996：263-264）也明確指出，新聞訪問者不但要考慮受訪者的立場和感受，贏得對方信任，更要明白每位受訪者皆有不同特質，要視受訪者的狀況，有技巧地導引、打斷、拉回或轉換訪問方向。

　　為什麼新聞訪問者不能只將受訪者視為提供資訊的消息來源？回到中天記者的例子來看，當記者在時間壓力下，將許父當成單純的消息來源時，自然容易使用任何能促使消息來源回答的問題，包括：「會不會擔心許瑋倫回不來了？」，因為記者關心的是受訪者提供的資訊，而非受訪者個人，訪問者與受訪者建立的是非個人的機構關係（Schudson, 1994）。但如果記者能夠理解及關心許父所處情境，或許可以避免提問「沒人性」的問題。雖然如此一來，記者會面臨「如何在不傷害受訪者的情況下取得資訊」的難題，但也唯有如此，記者才能真正展現專業素養及技能，贏得社會的肯定及尊重。

　　新聞訪問者的表現在廣電媒體上尤為重要，因為廣電媒介將新聞訪問呈現在閱聽人面前，不但讓以往隱身在新聞之後的記者，一躍成為新聞訪問的重要部份（Biagi, 1986: 104; Garrison, 1992: 192），更讓記者的提問成為閱聽人的關注焦點，尤其電視新聞訪問更是如此：

> 電視記者採訪是受眾看得見的行為，記者採訪的環境、提問方
> 式、說話語氣、談話氣氛、體態表情一覽無遺地暴露在觀眾面
> 前。從某種意義上說，記者也是公眾人物。觀眾在關注新聞人
> 物的同時，也在挑剔記者的採訪。……記者的提問是不是精
> 采，問題是不是讓採訪對象語出驚人，從採訪整體看是否流
> 暢，都是觀眾挑剔的內容。（徐業平、丁小燕，2005：276）

對廣電新聞訪問者來說，訪問不只是取得資訊的手段，更重要
的是，新聞訪問本身就是目的（Ekström, 2002），甚至成為一場為
閱聽人上演的表演（Heritage, 1984; Garrison, 1992; Ekström, 2002:
264-267）。廣電新聞訪問不但可能成為媒體事件，變成隔天的頭條
新聞（Ekström, 2002）（如本文一開始提及的中天記者提問的例
子），新聞訪問者更成為吸引閱聽人的招牌（Fairclough, 1995b;
McNair, 2000），具有吸引閱聽人、引發閱聽人情感涉入的功能
（Winch, 1997; Schudson, 2003）。

也就是說，雖然表面上看起來，廣電新聞訪問是訪問者及受訪
者的雙方問答活動，但事實上，那些未直接參與訪問的閱聽人才是
新聞訪問的主要對象。廣電新聞訪問是由訪問者、受訪者及閱聽人
三方所構成（Clayman & Heritage, 2002: 67; Schudson, 1994）。廣電
新聞訪問者一方面是為閱聽人向受訪者抽取資訊與意見（Heritage
& Roth, 1995；馮小龍，1996）；另一方面，訪問者也在閱聽人面前
建立自己的形象及權威。Manoff（1989；轉引自 Schudson, 2003:
60）便指出電視記者在新聞故事中運用專家的主要目的並不是要
提供閱聽人資訊，而是要確保記者自己的努力、近用、以及較高等

的知識，而且，記者也會在口語及視覺上顯示他／她自己與事件之間的親近性，建立權威。

　　透過廣電新聞訪問，訪問者不僅提供閱聽人新資訊，更同時傳達新聞專業形象，具示範效果。更重要的是，與受訪者相比，訪問者擁有較多論述資源與權力，如開場白及結語、提問與控制時間等（Clayman & Heritage, 2002），因此理應負有更大責任。廣電新聞訪問者必須瞭解自己提供給閱聽人的不僅只是資訊內容，還包括受訪者的形象及自己的專業表現。而這也凸顯「將受訪者視為個人，照料受訪者的感受」之重要性。

　　然而，對於「新聞訪問者如何將受訪者視為個人，照料受訪者的感受」此問題，一般新聞教科書多以行為準則的方式呈現，如「……記者應儘可能了解受訪者的困難處境，尊重他的感受，讓他相信記者是他的朋友……」（王洪鈞，2000：100）、「電視記者採訪要盡快消除採訪對象面對鏡頭的緊張」（徐業平、丁小燕，2005：277），極少探究訪問者如何使用他／她最重要的工具──語言，視受訪者為獨特個人以進行訪問互動。因此，本章將從對話分析（Conversation Analysis）角度，探究訪問者如何使用語言將受訪者視為獨特個人，照料受訪者。

貳、對話分析研究設計

　　當新聞訪問透過廣電媒介進入閱聽人的私領域空間（如客廳、臥室或行車中），訪問者便不免將閱聽人視為「個人」，傾向使用閱

聽人在私領域中期待的談話方式（熟悉的、友善的、非正式的）進行訪問，將訪問形塑成一般日常對話，拉近與閱聽人的距離（Scannell, 1991, 1996）。Tolson（2001）將這種以日常對話為主要互動模式的新聞訪問稱為「對話型新聞訪問」。

　　在「對話型新聞訪問」中，訪問者不再固守自己原本擁有的問題論述資源，而且傾向將受訪者視為日常對話者，所以此類訪問的互動模式不再侷限於訪問者問、受訪者答的「一問一答」，且訪問者運用較多口語字彙、語氣變化及笑聲等，就像日常對話一樣（Faircloug, 1995b）。訪問者援用日常對話模式，以較平等的方式對待受訪者，將受訪者視為個人，一來可拉近新聞訪問與閱聽人的距離，二來能讓廣電新聞訪問這場「表演」更好聽、好看。

　　然而，Fairclough（1995a）擔憂以此種「對話型新聞訪問」討論政治議題，容易將訪問變成一種娛樂表演（spectacle），使閱聽人成為觀看對話的偷窺者和消費者。Fairclough 認為此類訪問將受訪的政治人物與閱聽人建構成私領域文化中的共同成員，讓政治訪問奉行的主流價值從「真相」轉變成平常性（ordinariness）、非正式（informality）、真誠（authenticity）與真摯（sincerity）（p. 180）。但也有學者認為此類訪問能重建社群感（communality），發展另類的公共領域（Tolson, 2001），不失為另一種可能的選擇。

　　而本書認為「對話型新聞訪問」究竟令人憂心或值得期待，重點便在於新聞訪問者「如何」視受訪者為獨特個人，與之互動。如果新聞訪問者將受訪者視為私領域的個人，只是提供個人之事的「消息來源」，如個人情歸何處或個人的政治傾向等，便容易淪為

Fairclough 批評的「娛樂表演」。但如果新聞訪問者能瞭解每位受訪者都是身處在論述網絡中面臨論述兩難與行動選擇的社會行動者，擁有個人特質、情感、認知與學習，且會在對話中產生變化（Richardson, Rogers, & McCarroll, 1998），訪問者便能在訪問中觀察受訪者的改變、照料受訪者的需求。如此一來，廣電新聞訪問者方能傳達日常生活的主流價值：「真誠」與「真摯」，展現良好社會關係應有之樣態，做好廣電新聞訪問表演。

當然，上述主張還是抽象的想法。本章將透過對話分析檢視一則電視新聞訪問個案，探究如何將受訪者視為獨特個人，照料受訪者的需求，並且提出建議。而關於對話分析及其相關研究成果，本書已於第二章說明，故此處不再贅述。

本章主要依核心問題——廣電新聞訪問者如何將受訪者視為獨特個人——挑選研究個案，目的在於探索此核心問題之內涵，而非將個案研究結果概推至其他個案。因此，本文選取的是清楚實例（instances），而非所謂的樣本（samples）（Jalbert, 1995: 15-16），凡能充實我們理論所知的實例便可謂是好的個案。

本研究挑選個案步驟如下。首先，本文先界定何謂「廣電新聞訪問」。本文指的「廣電新聞訪問」具有三項特徵：（1）討論內容通常集焦於最近的新聞事件；（2）互動形式具高度正式性，主要透過問題與答案進行；（3）訪問者是專業記者，受訪者是與最近新聞事件有關者，閱聽人不直接參與互動（Clayman & Heritage, 2002: 7-8）。而且，有別於安插在廣電新聞中，經過特殊剪輯，配合主新聞播出的訪問，本文特別集焦於那些將訪問當成主要目的，可自成

一段節目的新聞訪問，因為此類訪問的表演特性較強，而且訪問者對訪問過程有較大掌控權，也比較可能嘗試不同建議。

其次，本文挑選「受訪者為新聞事件當事人」的廣電新聞訪問，因為在此類訪問中，受訪者被形塑為訪問議題的主要參與者（Clayman & Heritage, 2002: 68-72），訪問常聚焦於受訪者的個人特質及反應，較能凸顯本研究欲探究的主題。循此步驟，本文選擇東森新聞於二○○三年十二月二十八日晚間，針對「第二屆台灣小姐高菁徽是否曾經陪酒」一事進行的面對面現場訪問。而之所以選擇此個案，主要原因在於它是一個未能將受訪者視為個人的反例或偏差個案（deviant cases）（Jørgensen & Phillips, 2002: 125; Taylor, 2001: 320）。藉此，本文可以透過詳細的對話分析，指出何謂「未將受訪者視為個人」，以及如此言談行動可能產生的後果，增加我們對於「將受訪者視為個人」之瞭解。

個案受訪者有兩位，第一位是第二屆台灣小姐，即涉及陪酒風波的當事人高菁徽（以下以受訪者 A 稱之），第二位是台灣小姐選拔大會主任委員潘逢卿（以下以受訪者 B 稱之）。本文分析集焦於訪問者與受訪者 A 的訪問互動（對話過錄符號說明請見附錄二），因為在「第二屆台灣小姐高菁徽是否曾經陪酒」主題下，受訪者 A 被形塑為事件當事人，訪問者大部分提問都針對受訪者 A（在二十七的提問中佔了二十個提問）。相較之下，訪問者只向受訪者 B 提問了七個問題，其中兩個問題與受訪者 A 陪酒傳聞一事有關，另有兩個問題則是確認式探測（accuracy checking probes），主要目的為確認受訪者 B 所言（Barone &

Switzer, 1995），顯然受訪者 B 並非主要訪問對象（個案過錄稿見附錄三）。

參、個案分析與討論

個案訪問者針對受訪者 A 提問的主題有四：第一，受訪者 A 是否有陪酒（Q1-Q8）；第二，受訪者 A 的個人心情（Q9-Q12 與 Q14-Q16）；第三，受訪者 A 的未來計畫（Q17、Q20）；第四，受訪者 A 對台灣小姐選美遭受批評的看法（Q18 與 Q19）。由於後兩個次主題包含的問題都只有兩個，因此，以下大部分分析都集中在前兩個次主題上。

在分析此個案的問題之前，本文先分析訪問者在開場白中為受訪者 A 設立之定位，以利之後討論。從個案開場白可以看出，訪問者先挑選受訪者 A 的「台灣小姐」身份，然後再針對陪酒事件，將「台灣小姐」與「對『她』不利的傳聞」連結起來，賦予受訪者 A「傳聞當事人」的定位：

Q：（ ）史第二屆的台灣小姐第一名是高菁徽，高菁徽在 今天 順利遞補了后冠，不過，在這之前引發了一連串高菁徽，是陪酒小姐的傳聞，主辦單位 今天 以沒有證據為由，還是讓高菁徽拿下了后冠，東森新聞在 今天晚間 獨家專訪了高菁徽，她將說明為什麼，會爆發這一連串，對她不利的傳聞。當然在這之前，我們先來看，今天一名自稱是高菁徽姊姊的前男友，張姓男子＜，他對高菁徽的指控。（（播放新聞影片））

　　此傳聞之所以值得一談，原因有二：一是與受訪者 A 的身份——台灣小姐——有關，即在「台灣小姐」身份下，與受訪者 A 相關的不利傳聞才變成「新聞」；二是與時效性有關，包括受訪者 A「在『今天』順利遞補后冠」、「主辦單位『今天』以沒有證據為由，讓受訪者 A 遞補成功」，以及此新聞訪問「發生在『今天晚間』」等。這兩個原因，無論是受訪者 A 的定位或此則訪問值得一聽的新聞性，都有賴訪問者利用開場白資源，使用語言建構而成。

問題一：提問有強烈偏向的問題，卻不接受隨之而來的答案

　　此個案的第一個問題在於，訪問者之後提問的問題皆與她為受訪者 A 設定的身份及定位產生嚴重衝突。這不但使受訪者 A 的回答有一定的偏向，更重要的是，訪問者並不接受這因自己提問而來的可預期答案。以下詳細分析探討之。

（一）分析

　　訪問者在 Q3、Q4 及 Q19 提問與受訪者 A「台灣小姐」身份有嚴重衝突的問題，使得受訪者 A 的答案有一定、可預期的偏向，成為「明知故問」的問題。先以 Q19 來說，訪問者以重音強調受訪者 A 現在「正是」第一名的台灣小姐，請受訪者 A 在「台灣小姐」身份上，依自己感覺判斷（「你覺得」），這個讓她成為第一名台灣小姐的選美活動「公正嗎？」：

Q19：OK，我想問一下，現在外界有在傳聞說，現在選美這個連機智問答都會洩題喔，它有一
　　　些弊端存在。您自己現在正是第一名的台灣小姐你怎麼看。你覺得這個，這個選，這個，
　　　公正嗎？

　　可以想像的是，在「台灣小姐」身份下，受訪者 A 的答案必然
偏向「公正啊」，否則她便是挑戰自己作為「台灣小姐」的正當性：

A19：公正啊，因為，我們的題目有＜五十題＞，它是有事先告訴我們沒有錯。但是……

　　此外，對於受訪者 A 作為陪酒傳聞的當事人，訪問者在 Q3
使用「是……還是……」的選擇問句，要求受訪者 A「反駁」或
「承認」陪酒指控。面對這樣的問題，受訪者 A 在 A3 使用確信
程度較高的認知情態詞「當然」（謝佳玲，2001），斷定自己要選
擇「反駁」：

Q3：……針對這一點呢，這個，張先生所提出來說，他很明確指出啊，他說，高菁徽確實就是在
　　＜日本陪酒過＞，他的人事時地物都提出來了。針對這一點。您要反駁還是說，其實，沒
　　錯，就是這個樣子。
A3：當然我要反駁，但是我覺得我已經在各大媒體說過很多話。那我覺得，就算我再說什麼(.)
　　都是已經造成對我家人還有我的傷害。

　　不過，訪問者顯然不滿意這「想當然爾」的答案，因為她接
著在 Q4 使用動力情態詞「可以」，追問受訪者 A 以言談行動「說
（出）」：「我高菁徽就是沒有陪酒」的潛力或意願（謝佳玲，
2001）：

Q4：嗯哼，所以您今天 可以 很確切地說，嘎↑我高菁徽就是沒有陪酒，你，你 可以 這麼說嗎？
A4：可以啊。

　　以上分析顯示，對於這些明知故問的問題，受訪者 A 也給了可預期的答案，包括在 A3「反駁」陪酒指控，在 A4 表明自己「『可以』說沒有陪酒」的意願。但訪問者並不接受這些有一定偏向、可預期的答案，這可從她之後提出的一連串追問（Q5 至 Q8）看出。

　　首先，在受訪者 A 於 A4 選擇回答「可以」，展現以言談保證的意願之後，訪問者繼續在 Q5 使用連詞「但是」追問，顯示她不接受 A4 的答案。而且，從受訪者 A 在訪問者尚未提問問題，便意欲打斷訪問者進行澄清可知，受訪者 A 已感受到訪問者對自己的質疑：

Q5：嗯哼，但是 喔，之前我知道說嗯::媒體有訪問過您嘛，但是 您也有坦承說事實上在酒館的時候，您擔任會計的這個工作。你:確實沒有陪酒這一點你有說明喔，不過但是，你你說。[2]
A5：對因為，其實我覺得在那邊，幫忙的時候(.) 我，我會跟客人聊天打招呼啊，因為我要買單有時候客人也是會跟我，殺價。

　　雖然訪問者在 Q5 讓出發言權，讓受訪者 A 在 A5 自行說明，但受訪者 A 的說明並未說服訪問者。因為訪問者一方面在 Q6 開頭

---

[2]　在訪問者提出 Q5 時，鏡頭停留在訪問者身上，並未同時拍到兩位受訪者，因此研究者無法得知受訪者如何展現其發言意圖。不過，從訪問者的語言：「……不過但是，你你說。」以及訪問者的眼神及手勢，研究者可以推測，訪問者必然接收到受訪者的發言意圖。

提及「可能有一些問題會比較尖銳跟敏感一點」，另一方面卻還是使用疑問詞問句「哪一個」，詢問受訪者 A 和客人的親密動作範圍，預設受訪者 A 與客人有親密接觸：

→ Q6：嗯哼 (.) 是。我可能有一些問題會比較尖銳跟敏感一點哦，那你跟客人之間的::最，接觸的親密動作可能到，哪一個，範圍呢？

　　再一次，雖然受訪者 A 在 A6 否認：「沒有沒有親，親密接觸」，但訪問者又在 Q7 引證「傳聞」，猜測受訪者 A「可能」有某些容易引起誤會的行為，並且使用「直述句」當問句，顯示她對此傳聞的預設程度極強（陳欣薇，2001：67）：

A6：我想應，沒有耶，沒有沒有親，親密接觸。
Q7：嗯哼，因為也有 傳聞 說，可能 也是偶爾會坐下來啊，算個帳所以跟客人也是蠻接近的。因為 可能 就是有這一些行為所以外界才有這樣的傳聞。

　　雖然受訪者 A 在 A7 表示：「若客人想要動手可以回手」，但訪問者還是繼續在 Q8 以「嗎」語助詞問句，追問是否曾經發生此事。於此，訪問者雖然使用預設強度較低的語助詞問句，但 Q8 還是要求受訪者 A 提供更多解釋，顯示訪問者並未接受受訪者 A 在 A7 的說明：

A7：其實我覺得 (.) 他們可能比如說他們想要，動手的時候你可以回手啊。
Q8：嗯哼，那過去曾經發生過這樣的事情嗎？

　　簡言之，訪問者在 Q3 及 Q4 提問兩個「明知故問」的問題，而且不接受受訪者 A 的「保證」（A3）及「反駁」（A5），這可從訪問者在 Q6 至 Q8 追問受訪者 A 在酒館的工作，及她與客人的關係看出。因此，無論就問題的內容或形式來說，Q3 與 Q4 都可說是「無效問題」。

　　之所以說 Q3 及 Q4 是「無效問題」，因為就內容來說，Q3 與 Q4 已有一定、可預知的答案傾向，屬於「明知故問」的問題，所以 Q3 與 Q4 的主要意義應該在於形式，即得到受訪者 A 的言談反應——「承認或反駁」及「保證或拒絕保證」。然而，在受訪者 A 提出言談保證後，訪問者卻又以一連串的問題（Q6 至 Q8），拒絕受訪者 A 的言談保證，使 Q3 與 Q4 也不具有形式上的意義，即受訪者 A 答了也是白答。

（二）建議

　　以上分析重點不在於受訪者 A 是否真心認為選美活動公正，或她是否曾經陪酒。而是當訪問者的問題與其為受訪者設定的身份及定位產生重大衝突時，會使受訪者偏向一定、可預期的答案（本文個案受訪者 A 的回答也證明此點）。本文建議，若要詢問受訪者 A 真實狀況，訪問者應該請受訪者 A 站在「事件關係人」定位上發言，如 Q19 可以改問如下：

原 Q19：OK，我想問一下，現在外界有在傳聞說，現在選美這個連機智問答都會洩題喔，它
　　　　有一些弊端存在。您自己現在正是第一名的台灣小姐你怎麼看。你覺得這個，
　　　　這個選，這個，公正嗎？

改 Q19：現在外界傳聞台灣小姐選美有些弊端存在，例如機智問答可能是事先洩題。可不可以
　　　　請高小姐以參賽者的身份告訴我們，大會一開始是怎麼請你們準備機智問答項目，現
　　　　場狀況又是怎麼樣？

　　修改後的 Q19 是請受訪者 A 站在參賽者定位上，告知參加比
賽的情況，讓訪問者與閱聽人先瞭解選美比賽進行的狀況，再從
中判斷是否有弊端存在（若訪問者認為瞭解選美過程與可能的弊
端是該則訪問的目標，則可繼續追問），而非直接請受訪者 A 先行
評論她參加的選美比賽是否公平。

　　回到 Q3 與 Q4 來說，這兩個問題除了具強烈偏向外，值得討
論的是，訪問者是否要接受隨之而來的可預期答案？是否要接受受
訪者 A 的言談保證？本文認為，既然訪問者已經使用 Q3 及 Q4 獲
得受訪者 A 的言談保證，她若不能提出確切證據質疑受訪者 A 所
言，便應「暫時接受」受訪者 A 的言談保證，日後再以新聞追蹤，
檢驗受訪者所言（如果真相真是如此重要），而非受訪者 A 採行言
談保證後，卻又拒絕採信。

　　這裡進一步衍生的問題為：「受訪者 A 是否曾經陪酒」這件事
的重要性如何？是否值得日後再以新聞追蹤，檢驗受訪者所言？本
文認為，「受訪者 A 是否曾經陪酒」這件事之所以重要，主要因為
訪問者將受訪者 A 放在台灣小姐角色上，因為如果受訪者 A 不是
台灣小姐，那麼她個人是否曾經陪酒這件事在這個時間點上，與多
數閱聽人並無關係，不具任何「新聞性」。從這個角度來看，本文
建議，「受訪者 A 是否曾經陪酒」這個問題應可轉換成「台灣小姐
是否可以曾經從事陪酒行業」。如此一來，訪問重點將有所轉變：

第一，問題將從受訪者 A 個人過去所為，變成「台灣小姐應該具備何種資格」（如台灣小姐的參賽資格），訪問將聚焦於選美活動的籌辦過程與結果，也讓受訪者 B 成為主要受訪者；第二，訪問者也可以討論傳播媒體是否應該將大部分焦點放在「受訪者 A 是否曾經陪酒」上，請專家學者或新聞同業來說明或討論此現象。

問題二：創造無解的問答循環，影響受訪者的發言形象

以上分析指出，個案訪問者的追問根據只有張先生提出的表面證據（Q2 及 Q3）及「傳聞」（Q7），並未有任何確切證據。然而，當受訪者 A 提出言談保證後，訪問者卻是以一連串問題追問，顯示她不接受受訪者 A 的言談保證，同時挑戰受訪者所言之正當性。更重要的是，個案訪問者並未對 Q1 至 Q8 的問答互動下任何結論，創造無解的問答循環。

（一）分析

在 Q6 至 Q8 連續質問受訪者 A 在酒館工作情況（受訪者 A 也一一予以否定）之後，訪問者並沒有為之前問答做任何小結。在 Q8 問答之後，訪問者便將問題轉向受訪者 B，請她說明「確認高菁徽（受訪者 A）過去沒有陪酒」一事：

Q：OK，我知道理事長是在這一件事情爆發之後你非常地挺高菁徽喔，甚至在今天你非常大方地說，我就是要讓高菁徽持續的，這個，拿下這個后冠，你說你非常坦蕩喔，而且你也認為說你在之前已經確認過了，的確她過去是沒有這樣的行為喔，這一點您是可以做一個說明嗎？

A：呃::我是覺得喔一個女孩子今天如果哦，有沒有陪酒或是在做特殊行業，她的質感上或她的
　　說話態度我們都可以看得出來，整個質感是完全不同的。高菁徽，我們一路過來……

　　在受訪者 B 肯定受訪者 A 沒有陪酒之後，訪問者緊接著詢問
受訪者 A 的心情，便開啟了第二個訪問主題，而沒有對 Q1 至 Q8
的訪問主題——受訪者 A 是否曾經陪酒——作任何結語。在沒有任
何小結就結束 Q1 至 Q8 對受訪者 A 陪酒的質疑下，這段訪問展現
出沒有結論的「質疑－反駁」過程，使得閱聽人只能看見訪問者不
斷質問受訪者，受訪者不斷否認的循環過程。

　　詳細分析這缺乏結論的問答過程可以發現，雖然從問題內容來
看，Q1 至 Q8 在詢問受訪者 A 對陪酒一事的反應，也獲得受訪者
A 的回應，但就問題形式來說，訪問者其實是以連續的問題，挑戰
受訪者 A 對陪酒一事的說明與反駁，不接受受訪者 A 的言談保證。
也就是說，Q1 至 Q8 的提問並非要在內容上得到受訪者 A 的澄清
或回應，因為訪問者並不接受受訪者 A 的回答內容（以及隨回答
內容而來的言談保證）。反之，此段訪問互動的意義展現在「問題
形式」上，即訪問者以一連串沒有小結的問題，展現她對受訪者 A
的質疑與不信任，使得受訪者 A 成為不被訪問者相信之人。

　　本文一開始曾經提及，廣電新聞訪問者是為閱聽人而問、為閱
聽人而表演，從訪問者的語言使用可一窺他／她對閱聽人的想像。
這段缺乏（訪問者）小結的訪問互動顯示，閱聽人被形塑成觀看「質
疑－反駁」過程的偷窺者與消費者（Fairclough, 1995a）。被當成消
費者的閱聽人只關心「訪問者質疑、受訪者反駁」的過程，既不需
要知道可從這段訪問獲得什麼重要資訊（所以訪問者無須為此段訪

問下結論），也不關心真相（所以訪問者無須蒐集更多證據反駁受訪者所言，或如本文之前建議的，暫時接受受訪者的言談保證，日後再行檢驗）。而且，透過訪問者一連串的質疑，受訪者成為不值得閱聽人信任之人，有損受訪者的發言形象。

（二）建議

　　電視新聞訪問結合了說話、聲音、影像及文字，可以形塑出令人難以忘懷的形象與印象（Killenberg & Anderson, 1989／李子新譯，1992：239；徐業平、丁小燕，2005：278）。若做得好，如 Killenberg 與 Anderson（1989／李子新譯，1992）所述：「將生動的描述、禮貌細心的聆聽和輔助的影像融合起來，（便可）創造出人和的景象」（p. 239）。反之，若像本文個案，訪問者透過一連串追問，拒絕受訪者 A 的言談保證，不但讓新聞訪問成為一場充滿質疑及反駁的無解遊戲，使閱聽人成為觀看娛樂表演的消費者，也同時形塑出受訪者 A 不被信任的負面形象。

　　本文強調，形塑閱聽人、受訪者，以及整場新聞訪問的重要責任必須由訪問者負擔，因為廣電新聞訪問文類原本便賦予訪問者較多論述資源及權力。尤其「問問題」論述資源讓訪問者得以引導訪問主題、設定受訪者的作答範圍及方式（Clayman & Heritage, 2002: 196-102）、建立訪問的正式性及訪問雙方的親密程度（Barone & Switzer, 1995: 66-67），以及形塑受訪者發言的正當性與新聞性（Roth, 1998）等。回到本文個案來說，訪問者實負有兩項責任：第一，是訪問者使用「問問題」論述資源，帶動「質疑－反駁」過程；第二，

是訪問者未使用「闡述整理」論述資源，選擇、闡述或整理受訪者A所言（Heritage, 1985; Heritage & Watson, 1979），讓此段有關陪酒傳聞的訪問沒有結論，不但閱聽人無法得知此段訪問重點，受訪者A也不能對此段訪問進行任何補充及回應，顯然對受訪者A不公平。

因此，本文建議，在一連串質疑受訪者的問題之後，訪問者應為閱聽人及受訪者作出結論。此舉一方面可讓閱聽人掌握該段訪問要點，另一方面也給受訪者回應機會，公平地對待受訪者。

問題三：形塑出不值得同情的受訪者，忽略訪問情境對受訪者的影響

在展現對受訪者 A 的質疑，將受訪者形塑成不可信之人的同時，個案訪問者又意欲形塑「委屈的受訪者 A」，這可從她提出七個問題，詢問受訪者 A 的委屈心情（Q9-Q12 與 Q14-Q16）看出。這些問題從表面上看起來，似乎將受訪者 A 當成一個有血有肉的人，在乎受訪者 A 的個人感受，但深入分析卻可以發現，訪問者其實是適得其反，不但將受訪者 A 塑造成無法令人同情或感動之人，也展現訪問者「事不關己」的態度。

（一）分析

在詢問受訪者 A 個人心情的七個問題中，訪問者大量使用眼淚、委屈、心疼、心裡等字彙（如表一方框所示），一再問受訪者A 流淚的原因（Q9、Q10、Q11 問題❶）、委屈的感覺（Q11 問題❷、Q14）與心裡想法（Q12）等。

表一　個案訪問者詢問受訪者 A 心情之問題設計

Q9：……不是酒家是酒館喔，❶你還流下 眼淚 ，為什麼呢？❷那個時候你腦子裡想的是什麼東西，為什麼讓你流下 眼淚 ？

Q10：……你是為你姊姊 心疼 還是為自己的 委屈 而流淚呢？

Q11：坦白說這一陣子這些 委屈 喔跟 心疼 ❶有沒有讓你在午夜夢迴的時候，讓你留下 眼淚 ？❷那個時候你 心裡 想的是什麼？❸你有沒有想過一些反擊的動作，❹那個 委屈 到底是什麼感覺？

Q12：嗯哼，那你姊姊怎麼看呢，聽說你姊姊好像蠻生氣的喔，這一段時間也因為你的事情喔，讓她好像也忙的不可開交這樣子，你 心裡 是怎麼看這件事情的？

Q14：……如果有這樣的傳聞喔，或是有在類似的話題又同樣蹦出來的時候，❶你呢，你怎麼來看？還有，❷你如何＜再來回顧，再來面對這一個張先生今天曾經這樣指控你，❸你的 委屈 ，在哪裡？＞

Q15：你私下為了這件事情流過多少 眼淚 ？有嗎？

　　面對這些高度重複的問題，受訪者 A 一開始還配合回答：「我腦子裡想的其實就是，我姊姊這麼辛苦的，養家。……」（A9），說明自己流淚是為了家人與姊姊：「我是，為我，家人，而心疼。……」（A10）。但當訪問者在 Q11 再次提問：「委屈到底是什麼感覺？」，受訪者 A 已經無法說明委屈的感覺，只能表示：「……這幾天真的讓我感受到世間，人情的冷暖……我想在這邊，也謝謝各位，各位朋友的關心」（A11）。之後，受訪者 A 的答案不但在形式上越來越短，其內容也變成「不想再多解釋什麼」（A14）、「流不出眼淚」（A15）、「我還是這樣的個性」（A16），越來越不可憐。

　　而且，當訪問者不斷描述受訪者 A 所處情境，請受訪者 A 道出委屈心情，欲將受訪者 A 形塑成有血有淚之人時，訪問者

卻忽略自己提問的問題也是受訪者 A 面臨的重要情境之一。尤其到了 Q14，詢問受訪者 A「委屈何在」時，受訪者 A 已直接表明不想再多作解釋，因為「媒體炒作」可能會讓自己更辛苦（A14）：

Q14：……如果有這樣的傳聞喔，或是有在類似的話題又同樣蹦出來的時候，❶你呢，你怎麼來看？還有，你如何＜再來回顧，再來面對這一個張先生今天曾經這樣指控你，❷你的 委屈 ，在那裡？＞

A14：其實我覺得，我並不想要出，出名。我也不想再多解釋什麼。我覺得我的個性，我就是，想變嫁做人婦這樣子而已。所以變成說，我不想要再澄清是因為，媒體這樣的炒－炒作，讓我以後的路，＜可能會走的更辛苦＞。

　　然而，身為媒體一份子的訪問者既未察覺自己對受訪者 A 產生的影響，更對受訪者 A 的回應毫無感動。她在受訪者 A 控訴媒體炒作之後，繼續在 Q15 追問受訪者 A 流過多少眼淚，而且在受訪者 A 回答：「已流不出眼淚」（A15）後，又以「怎麼說呢？」挑戰受訪者 A「流不出眼淚」的答案，結果得到簡短、冷淡的回應（A16）：

Q15：你私下為了這件事情流過多少眼淚？有嗎？

A15：因為都是昨天以前的事情，那我今天。我，我已經在，加冕晚會上，呃，在加冕的時候我已經流，流不出眼淚。

Q16：怎麼說呢？(.) 我記得有耶，我記得你今天拿到那后冠的時候，曾經有說啊這個后冠，好沉重喔，那也是有人想要抹黑我，我記得你有講過這樣的話。

A16：其實我覺得，今天就算沒有后，后冠我還是我，我還是這樣的個性。

　　以上分析顯示，個案訪問者既對受訪者的情感反應毫無所動（若受訪者的處境不能打動訪問者，又如何打動閱聽人？），更未關注自己對受訪者可能造成的影響。對個案訪問者來說，受訪者 A 只是提供情感資訊的消息來源，而非需要照料的溝通對象。而且，當訪問者如此與受訪者 A 互動的同時，也將閱聽人形塑為觀看娛樂表演的消費者，只關心提供娛樂的受訪者 A 有多難過、哭了多少（因此無法接受受訪者 A 過於「堅強」），而無須探究造成受訪者 A「不幸遭遇」（如果受訪者 A 如此令人同情的話）的背後原因。更諷刺的是，在訪問者透過一連串問題凸顯受訪者 A 的可憐處境時，她不但讓受訪者 A 的表現越來越不可憐，更讓自己成為使受訪者 A 身處可憐情境的加害者。

（二）建議

　　對於過多凸顯個人情感的問題，反而讓受訪者 A（對其委屈）越來越無話可說，以及對受訪者 A 的委屈不為所動的這兩個問題，本文分別提出建議如下：

　　第一，訪問者應在訪問中累積對受訪者的瞭解，並依此設計之後的問題。以本文個案為例，在詢問「受訪者 A 的個人心情」（Q9-Q12 與 Q14-Q16）時，訪問者若能注意受訪者從 A9-A12 及 A14 的答案，在言談長度上有變短的趨勢，而且在內容上也越來越冷淡（如 A14：「……我也不想再多解釋什麼。……」），她便應及時改變 Q15 至 Q16 的問題，而不是直至受訪者 A 詞窮，無法回答，還緊追不放。換言之，訪問者應注意受訪者 A 如何回

答一連串同質性極高的問題，瞭解受訪者是否有能力或意願進行回答。

第二，訪問者應正視自己為受訪者設下的訪問情境，考量受訪者在訪問中的處境。在本文個案中，訪問者為受訪者 A 設下的重要情境包括之前提及，透過（使用）問問題及（未使用）闡述整理等論述資源製造的「質疑－反駁」過程、一連串高度雷同的問題，以及訪問者身為媒體一份子是否也對受訪者 A 造成壓力等。

呼應本文之前所述，新聞訪問者若能「瞭解每個人都是身處於論述網絡中，面臨論述兩難與行動選擇的社會行動者，擁有個人特質、情感、認知與學習，並且會在對話中產生變化」（Edwards & Potter, 1992; Richardson, Rogers, & McCarroll, 1998），便應時時傾聽、關注受訪者在訪問過程中的一舉一動，一言一行，並隨之修改自己的提問內容及方式，正視自己也是受訪者面臨的重要情境之一。反觀本文個案訪問者，她將重心放訪問外的情境（如受訪者 A 面臨的陪酒指控），因此一再使用類似問題，促使受訪者 A 說出她的委屈，提供相關資訊。忽略受訪者 A 在電視新聞訪問情境中的感受，更忽略她自己也是受訪者 A 面臨的關鍵情境。

肆、小結與建議

本文關心廣電新聞訪問者如何將受訪者視為個人，在訪問中照料受訪者感受。與一般新聞教科書不同的是，本文採取對話分

析，從訪問者使用的語言著手探討此問題。由於「視受訪者為個人」是個抽象概念，缺乏明確定義及相關語言研究，因此，本文以一則電視新聞專訪為例，探究訪問者如何與受訪者進行語言互動，分析其產生的可能問題，並提出具體的語言建議。

一、研究小結

本文透過個案指出，廣電新聞訪問者應考量自己為受訪者設定的身份及定位，避免提問有強烈答案偏向的問題。如果問題免不了有一定的偏向，訪問者也要瞭解自己提問的問題是如何影響受訪者的回答，以及影響受訪者的形象。以本文個案為例，當訪問者提問兩個明知故問的問題（如 Q4：「……您今天可以很確切地說，嗳↑我高菁徽就是沒有陪酒……」），並一如預期獲得受訪者 A 的言談保證後（如 A4：「可以啊」），訪問者還繼續以連串問題質疑受訪者 A 的保證，顯示她不採信受訪者 A 所言。若是如此，訪問者為何要提問這兩個明知故問的問題？受訪者 A 的回答又有何意義？這讓訪問雙方的問答成為「質問－反駁」的過程，並營造出受訪者 A 所言不值得採信的形象。

而這「質問－反駁」過程成形於訪問者在一連串質問之後，卻沒有做出任何小結。如此一來，閱聽人只能看見不斷的質問與反駁，受訪者 A 也無法對這一段訪問過程有所回應。因此，本文建議，個案訪問者應為閱聽人及受訪者作出結論，一方面幫閱聽人總結該段訪問重點，另一方面，也給予受訪者公平回應的機會，真正「將受訪者視為個人」。

此外,「將受訪者視為個人」並非只是口號,也不是虛假的表演。要將受訪者視為個人,廣電新聞訪問者必須在訪問過程中累積對受訪者的瞭解,尤其是受訪者的作答能力以及面臨的訪問情境。以本文個案來說,訪問者應留意受訪者如何回答一連串詢問個人心情,相似度極高的問題,依受訪者的回答狀況適時設計之後的問題。

更重要的是,由於廣電新聞訪問者比受訪者擁有更多論述資源及權力,如「問問題」可主導訪問方向、設下作答範圍及方式、形塑受訪者形象及建立訪問雙方關係等,因此,訪問者不能忽略自己的語言行動為受訪者設下的情境。尤其新聞訪問者因電視媒體引發閱聽人情感涉入特質(Dahlgren, 1995; Ekström, 2002),凸顯受訪者個人情緒或情感的同時,更應注意自己的所言所行,不但是受訪者面臨的重要情境,更是閱聽人接收訪問雙方形象的重要來源。

最後值得強調的是,雖然本文提出的建議,如「避免有一定偏向的問題」、「在訪問中累積對受訪者的瞭解」等,並非新主張,如 Killenberg 與 Anderson(1989╱李子新譯,1992)也曾提及:「不要問已知道答案的問題」(p. 237)、「要在訪問中聽出採訪對象的個性」(p. 120)。但透過個案的對話分析,本文指出:(1)所有抽象原則或規範教條如何在微觀談話互動中崛起,以及訪問者的語言使用如何對受訪者造成影響,強調微觀談話同時提供改變的契機;(2)訪問者使用語言為受訪者設下的情境及造成的影響,絕非抽象的心理現象或壓力,而是可具體感受,會造成不同言談後果者,因此,(3)語言提供訪問者及研究者一個具體可見的研究

對象。要做好新聞訪問，訪問者可以從語言設計著手，思考如何將受訪者視為個人，提供閱聽人更好的新聞訪問。回到本文一開始提及的中天記者例子，記者若能針對各類災難新聞的需要，事先悉心設計及準備問題，或研究者能投入此類研究，相信將能降低此類不適當問題的出現機率。

二、未來研究建議

本文採取對話分析，研究廣電新聞訪問者可以如何使用語言，將受訪者視為個人。由於對話分析認為語言形式決定內容，新聞訪問的內容完全視訪問互動的生成過程而定，著重訪問互動組織結構的分析（Clayman & Heritage, 2002: 14），因此本文並未特別針對訪問內容進行分析及討論。

不過，就新聞訪問來說，內容有其重要性，不應被忽略（Fairclough, 1995a; Woodilla, 1998; Hester & Francis, 2001; Clayman & Heritage, 2002: 7）。以本文個案來說，針對「台灣小姐的陪酒風波」主題，訪問者要從什麼角度切入？知道「受訪者 A（台灣小姐）過去是否陪酒」這件事比其他角度重要嗎？這些不但有討論的空間，更與新聞核心價值有關，例如「受訪者 A 過去是否陪酒」這件事是否值得成為新聞？

其次，要將受訪者視為個人，設計好問題，廣電新聞訪問者還要考慮許多語言以外的情境因素，包括訪問時間限制及壓力、受訪者特質、受訪者最近的狀況（例如是否已經接受許多訪問）、

訪問雙方的關係等（Killenberg & Anderson, 1989／李子新譯，1992；the Missouri Group, Brian et al., 1992／李利國、黃淑敏譯，1997；王洪鈞，2000；方怡文、周慶祥，2002；Adams & Hicks, 2001／郭瓊俐、曾慧琦譯，2004）。由於本文重點在於討論，如何從訪問者的語言使用分析「將受訪者視為個人」，因此並未探討這些語言外的情境因素。

　　未來研究或許可以納入這些不同情境因素的考量，研究如何設計好問題。不過，有兩點值得提醒：第一，從對話分析角度來看，研究者不能將這些情境因素與語言使用的關係，視為理所當然，而要靠實際言談互動資料的證明。事實上，這也是對話分析研究者面臨的重要議題，即「如何將研究的言談互動現象與所謂的機構場景（如廣電新聞訪問）連結起來」（Psathas, 1995b: 54）；第二，有些情境會隨著訪問發展（時間改變）而變化，如訪問雙方的關係、訪問雙方對訪問議題的瞭解等；有些情境條件則否，如訪問者的組織位階、受訪者最近的狀況、廣電媒介特性、訪問時間限制等。因此，在不同時間點上，哪些情境條件較重要與相關，訪問者又該如何使用語言創造新的訪問情境，這些都是未來研究可以進一步探討的部分。

參考書目

方怡文、周慶祥（2002）。《新聞採訪理論與實務》。台北：正中。

王洪鈞（2000）。《新聞報導學》。台北：正中。

江靜之（2003）。〈廣播新聞專訪之問句句型與功能初探〉，《新聞學研究》，76: 155-186。

江靜之（2005）。《尋找理想的廣電新聞訪問者：論述角度之探析》。政治大學新聞學系博士論文。

李子新（譯）（1992）。《報導之前：新聞工作者採訪傳播的技巧》。台北：遠流。（原書 Killenberg, G. M., & Anderson, R. [1989]. *Before the story: interviewing and communication skills for journalists. New York: St. Martin's* Press.）

李利國、黃淑敏（譯）（1997）。《當代新聞採訪與寫作》。台北：周知文化。（原書 the Missouri Group, Brian S. Brooks et al. [1992]. *News reporting and writing.* New York : St. Martin's Press）

李康、李猛（譯）（2002）。《社會的構成》。台北：左岸文化。（原書 Giddens A. [1984]. *The constitution of society : Outline of the theory of structuration.* Berkeley : University of California Press.）

周金福（譯）（2003）《新聞倫理：存在主義的觀點》。台北：巨流。（原書 Merrill, J. C. [1977]. *Existential journalism.*）

屈承熹（1999）。《漢語認知功能語法》。台北：文鶴。

林仁和（2002）。《人際溝通》。台北：紅葉文化。

林以亮、婁貽哲（譯）（1976）。《自由與文化》。台北：台灣學生。（原書 Dewey, J. [1939]. *Freedom and culture.* New York : Capricorn）

邱珍琬譯（1998）。《傾聽──人際關係中溝通的藝術》。台北：遠流。
（原書 Nichols, M. P. [1995]. *The lost art of listening.*）

俞明瑤（2003）。《新聞訪談提問之立足點研究》。政治大學新聞研究所
碩士論文。

胡菁琦（2002）。《國語附加問句的言談功能與語法化研究》。國立師範
大學英語研究所碩士論文。

徐業平、丁小燕（2005）。《新聞採訪》。北京：新華出版社。

翁秀琪（1998）。〈批判語言學、在地權力觀和新聞文本分析：宋楚瑜辭
官事件中李宋會的新聞分析〉，《新聞學研究》，57: 91-126。

翁維薇、臧國仁、鍾蔚文（2007）。〈新聞訪問個案（一）：追問〉，臧
國仁、蔡琰（編），《新聞訪問：理論與個案》，頁 33-64。台北：
五南。

張培倫、鄭佳瑜（譯）（2002）。《媒體倫理》。台北：韋伯文化。（原
書 Kieran, M. [1998]. *Media ethics.* London: Routledge）

張鐘尹（1997）。《漢語對話中的疑問句》。台灣大學語言學研究所碩士
論文。

郭瓊俐、曾慧琦（譯）（2004）。《新聞採訪》。台北：五南。（原書：
Adams, S., & Hicks, W. [2001]. *Interviewing for journalists.* London；
New York : Routledge）

陳世敏（譯）（1994）。《美國大眾傳播思潮：從摩斯到麥克魯漢》。台
北：源流。（原書 Czitrom, D. J. [1982]. *Media and the American mind
from Morse to McLuhan.* Chapel Hill : University of North Carolina Press）

陳欣薇（2001）。《漢語是非問句形式與功能的對應》。政治大學語言學
研究所碩士論文。

陳順孝（2003）。《新聞控制與反控制：「記實避禍」的報導策略》。台
北：五南。

陸曄、潘忠黨（2002）。〈成名的想像：中國社會轉型過程中新聞從業者
的專業主義化與建構〉，《新聞學研究》，71: 17-59。

曾端真、曾玲民（譯）（1996）。《人際關係與溝通》。台北：揚智文化。
　　（原 Verderber, R. F. [1995]. Inter-act: using interpersonal communication
　　skills. Belmont Calif. : Wadsworth）

湯廷池（1981）。〈國語疑問句的研究〉，《師大學報》，26: 219-276。

湯廷池（1992）。《英語認知語法：結構、意義與功用（中集）》。台北：
　　台灣學生。

湯廷池（2000）。〈漢語的情態副詞：語意內涵與句法功能〉，《中央研
　　究院歷史語言研究所集刊》，71（1）：199-219。

馮小龍（1996）。《廣播新聞原理與製作》。台北：正中。

黃宣範（譯）（1983）。《漢語語法》。台北：文鶴。（原書：Thompson,
　　S. A. [1981]. *Mandarin Chinese: A functional reference grammar*. Berkeley :
　　University of California Press）

彙刊》，9:4, 575-589.

楊月蓀（譯）（2003）。《媒體現形：混沌時代瀕臨意識邊緣》。台北：
　　商務。（原書 Zingrone, F. [2001]. The media simplex: at the edge of
　　meaning in the age of chaos.）

楊貞德（1994 年 11 月）。〈「大社群」──杜威論工業社會中民主的必
　　要及其可行性〉，「政治社群學術研討會」，台北中央研究院。

楊意菁（2002）。《民意公共性與媒體再現：以民調報導與談話性節目為
　　例》。政治大學新聞研究所博士論文。

葉方珣（2007）。《新聞訪談之「語用技巧」分析：以「前提」概念為例》。
　　政治大學新聞研究所碩士論文。

趙剛（1997）。〈什麼是「民主」？什麼是「公共」？──杜威對自由主
　　義的批判與重建〉，《台灣社會研究季刊》，25: 33-82。

劉曉嵐等譯（2004）。《人際溝通》。台北：五南。（原書 Adler, R. B., &
　　Towne, N. [2002]. *Looking out/looking in*. New York : Penguin Books）

謝佳玲（2001）。《漢語的情態動詞》。國立清華大學語言學研究所博士
　　論文。

鍾蔚文（2004）。〈想像語言：從 Saussure 到台灣經驗〉，翁秀琪（編），
　　《台灣傳播學的想像（上）》，頁 199-264。台北：巨流。

鍾蔚文、翁秀琪、紀慧君（1999）。〈新聞事實的邏輯〉。《國家科學委
　　員會研究

蘇惠君、臧國仁（2007）。〈新聞訪問個案（三）：施惠語言〉，臧國
　　仁、蔡琰（編），《新聞訪問：理論與個案》，頁 109-156。台北：
　　五南。

Anderson, B. (1991). *Imagined communities: reflections on the origin and
　　spread of nationalism.* New York : Verso.

Arminen, I. (2000). On the context sensitivity of institutional interaction.
　　Discourse & Society, 11(4), 435-458.

Atkinson, P., & Silverman, D. (1997). Kundera's immortality: the interview
　　society and the invention of the self. *Qualitative Inquiry, 3*(3), 304-325.

Austin, J. L. (1962). *How to do things with words.* Cambridge : Harvard
　　University Press.

Barone J. T., & Switzer, J. Y. (1995). *Interviewing art and skill.* Massachusetts:
　　Allyn & Bacon.

Beattie, G., & Doherty, K. (1995). "I saw what reality happened": the discursive
　　construction of victims and perpetrators in firsthand accounts of paramilitary
　　violence in Northern Ireland. *Journal of Language and Social Psychology,
　　14*(4), 408-433.

Beaugrande, R. de (2002). Discourse studies and the ideology of liberalism. In
　　Michael Toolan (Ed.). *Critical discourse analysis: critical concepts in
　　linguistics* (pp. 162-201). London: Routlege.

Bell, P., & van Leeuwen, T. (1994). *The media interview: confession, contest,
　　conversation.* Kensington, NSW :University of New South Wales Press.

Biagi, S. (1986). *Interviews that work: a practical guide for journalists.* Belmont,
　　CA: Wadsworth.

Billig, M., Condor, S., Edwards, D., Gane, M., Middleton, D., & Radley, A. (1988). *Ideological dilemmas: a social psychology of everyday thinking*. London: Sage.

Burman, E., & Parker, I. (1993). Introduction-discourse analysis: the turn to the text. In Erica Burman & Ian Parker (Eds.), *Discourse analytic research : Rrepertoires and readings of texts in action*. London: Routledge.

Chapman, S. (2000). *Philosophy for linguists: an introduction*. London: Routledge.

Charity, A. (1995). *Doing public journalism*. New York: Guilford.

Chouliaraki, L., & Fairclough, N. (1999). *Discourse in late modernity: rethinking critical discourse analysis*. Edinburgh, England: Edinburgh University Press.

Clark, H. H. (1996). *Using language*. Cambridge: Cambridge University Press.

Clayman, S. E. (2002). Tribune of the people: Maintaining the legitimacy of aggressive journalism. *Media, Culture & Society, 24*, 197-216.

Clayman, S. E., & Heritage, J. (2002). *The news interviews: journalists and public figures on the air*. Cambridge: Cambridge University Press.

Clayman, S. E. (1991). News interview openings: Aspects of sequential organization. In Paddy Scannell (Ed.), *Broadcast talk* (pp.48-75). London: Sage.

Clayman, S. E. (1989). The production of punctuality: Social interaction, temporal organization, and social structure. *The American Journal of Sociology, 95*(3), 659-691.

Cook, G., Pieri, E., & Robbins, P. T. (2004). 'The scientists think and the public feels': expert perceptions of the discourse of GM food. *Discourse & Society, 15*(4), 433-449.

Cook, H. M. (1999). Language socialization in Japanese elementary schools: attentive listening and reaction turns. *Journal of Pragmatics, 31*, 1443-1465.

Costera Meijer, I. (2003). What is quality television news? A plea for extending the professional repertoire of newmakers. *Journalism Studies, 4*(1), 15-29.

Costera Meijer, I. (2001). The public quality of popular journalism: Developing a normative framework. *Journalism Studies, 2*(2), 189-205.

Craig, D. (2006). *The ethics of the story*. Plymouth, UK: Rowman & Littlefield.

Craig, R. T., & Tracy, K. (1995). Grounded practical theory: the case of intellectual discussion. Communication Theory, *5*(3), 248-272.

Dahlgren, P. (1995). *Television and the public sphere: citizenship, democracy, and the media*. London: Sage.

Davies, B., & Harré, R. (1999). Positioning and personhood. In Rom Harré and Luk van Langenhove (Eds.), *Positioning theory: moral contexts of intentional* action (pp. 32-52). Oxford: Blackwell.

Dewey, J. (1927). *The public and its problems*. London: George Allen & Unwin

Donsbach, W. (2004). Psychology of news decisions: Factors behind journalists' professional behavior. *Journalism, 5*(2), 131-157.

Drew, P., & Sorjonen, M. (1997). Institutional dialogue. In Teun A. van Dijk (Ed.), *Discourse as social interaction* (pp.92-118). London, Thousand Oaks, & New Delhi: Sage.

Drew, P., & Heritage, J. (1992). Analyzing talk at work: an introduction. In Paul Drew & John Heritage (Eds.), *Talk at work: Iinteraction in institutional settings* (pp. 3-65). New York: Cambridge University Press.

Dunford, R., & Palmer, I. (1998). Discourse, organizations and paradox. In David Grant, Tom Keenoy, & Cliff Oswick(Eds.). *Discourse and organization* (pp. 214-221). London, Thousand Oaks, & New Delhi: Sage.

Edwards, D., & Potter, J. (2005). Discursive psychology, mental states and descriptions. In Hedwig te Molder & Jonathan Potter (Eds.). *Conversation and cognition* (pp. 241-259). Cambridge, U.K. : Cambridge University Press.

Edwards, D., & Potter, J. (2001). Discursive psychology. In Alec McHoul & Mark Rapley(Eds.). *How to analyse talk in institutional settings: a casebook of methods* (pp. 12-24). London: Continuum.

Edwards, D., & Potter, J. (1992). *Discursive psychology*. London, Newbury Park, & New Delhi: Sage.

Ehrlich, S. (2002). Legal institutions, nonspeaking recipiency and participants' orientations. *Discourse & Society*, *13*(6), 731-747.

EkstrÖm, M. (2006). Interviewing, quoting and the development of modern news journalism : a study of the Swedish press 1915-1995. In Mats EkstrÖm, Åsa Kroon & Mats Nylund (Eds.). *News from the interview society*. (pp. 21-48) Sweden: Nordicom.

Ekström, M. (2002). Epistemologies of TV journalism. *Journalism, 3*(3), 259-282.

Fairclough, N. (2001a). Critical discourse analysis. In Alec McHoul & Mark Rapley (Eds.), *How to analyse talk in institutional settings: a casebook of methods* (pp. 25-38). London: Continuum.

Fairclough, N. (2001b). The discourse of new labour: critical discourse analysis. In M. Wetherell, S. Taylor, & S. J. Yates (Eds.), *Discourse as data: a guide for analysis* (pp. 229-266). London: Sage.

Fairclough, N. (2001c). Critical discourse analysis as a method in social scientific research. In Ruth Wodak & Michael Meyer (Eds.), *Methods of critical discourse analysis* (pp.121-38). London: Sage.

Fairclough, N. (1998). Political discourse in the media: an analytical framework. In Allan Bell & Peter Garrett (Eds.), *Approaches to media discourse* (pp.142-162). Oxford, U.K: Blackwell.

Fairclough, N., & Wodak, R. (1997). Critical discourse analysis. In Teun A. van Dijk(Ed.), *Discourse as social interaction* (pp.258-284). London,: Sage.

Fairclough, N. (1995a). *Critical discourse analysis: the critical study of language*. London: Longman.

Fariclough, N. (1995b). *Media discourse*. New York: Arnold.

Fairclough, N. (1992). *Discourse and social change*. Cambridge, MA: Polity Press.

Fairclough, N. (1989). *Language and power*. London: Longman.

Freed, A. F. (1994). The form and function of questions in informal dyadic conversation. *Journal of Pragmatics*, *21*, 621-644.

Garrison, B. (1992). *Professional news reporting.* New Jersey: Lawrence Erlbaum Associates.

Geren, P. R. (2001). Public discourse: Creating the conditions for dialogue concerning the common good in a postmodern heterogeneous democracy. *Studies in Philosophy and Education, 20,* 191-199.

Goody, E. N. (1978). Towards a theory of questions. In Esther N. Goody (Ed.), *Questions and politeness* (pp. 17-43). London: Cambridge.

Gouinlock, J. (1990).*The later works, 1925-1953.* (Vol. 2). Carbondale, Ill. : Southern Illinois University Press

Grant, D., Keenoy, T., & Oswick, C. (1998). Introduction: organizational discourse: of diversity, dichotomy and multi-disciplinarity. In David Grant, Tom Keenoy, and Cliff Oswick (Eds.), *Discourse and organization* (pp. 1-13). London: Sage.

Greatbatch, D. (1998). Conversation analysis: neutralism in British news interviews. In Allan Bell & Peter Garrett (Eds.), *Approaches to media discourse* (pp. 163-185). Oxford: Blackwell.

Harré, R., & Stearns, P. (1995). Introduction: psychology as discourse analysis. In Rom Harre & Peter Stearns (Eds.). *Discursive psychology in practice* (pp.1-8). London, Thousand Oaks, & New Delhi: Sage.

Hepburn, A., & Wiggins, S. (2005). Developments in discursive psychology. *Discourse & Society, 16*(5), 595-601.

Heritage, J. (2005). Conversation analysis and institutional talk. In K. L. Fitch & R. E. Sanders (eds.). *Handbook of language and social interaction.* Mahwah, NJ.: Lawrence Erlbaum Associates.

Heritage, J. (2002). The limits of questioning: negative interrogatives and hostile question content. *Journal of Pragmatics, 34*(10-11), 1427-1447.

Heritage, J. (1997). Conversation analysis and institutional talk: analyzing data. In David Silverman (Ed.), *Qualitative research: theory, method and practice* (pp. 161-82). London: Sage.

Heritage, J., & Roth, A. (1995). Grammar and institution: Questions and questioning in the broadcast news interview. *Research on Language and Social Interaction, 28*(1), 1-60.

Heritage, J., & Greatbatch, D. (1993). On the institutional character of institutional talk: the case of news interviews. In Deirdre Boden & Don H. Zimmerman (Eds.), *Talk and social structure: studies in ethnomethodology and conversation analysis* (pp. 93-137). Oxford: Polity Press.

Heritage, J. (1985). Analyzing news interviews: aspects of the production of talk for an overhearing audience. In Teun A. van Dijk (Ed.). *Handbook of discourse* (pp. 95-117). London: Academic Press.

Heritage, J. (1984). *Garfinkel and ethnomethodology*. Cambridge: Polity Press.

Heritage, J., & Watson, R. (1979). Formulations as conversational objects. In G. Pasthas (Eds.), *Everyday language: studies in ethnomethodology* (pp. 123-162). New York: Irvington.

Hester, S., & Francis, D. (2001). Is institutional talk a phenomenon? Reflection on ethnomethodology and applied conversation analysis. In Alec McHoul & Mark Rapley(Eds.). *How to analyse talk in institutional settings: a casebook of methods* (pp. 206-217). London: Continuum.

Horton-Salway, M. (2001). The construction of M.E.: the discursive action model. In Margaret Wetherell, Stephanie Taylor, & Simeon J. Yates (Eds.). *Discourse as data: a guide for analysis* (pp. 147-188). London: Sage in association with The Open University.

Hutchby, I. (2006). *Media talk: conversation analysis and the study of broadcasting*. Berkshire, England: Open University Press.

Hutchby, I. (1996a). Power in discourse: the case of arguments on talk radio. *Discourse & Society, 7*(4), 481-97.

Hutchby, I. (1996b). *Confrontation talk: argument, asymmetries, and power on talk radio*. Mahwah, NJ:Erlbaum.

Hutchby, I., & Wooffitt, R. (1999). *Conversation analysis: principles, practices and applications*. MA: Polity Press.

Iedema, R. & Wodak, R. (1999). Introduction: organizational discourses and practices. *Discourse & Society, 10*(1), 5-20.

Iggers, J. (1998). *Good news, bad news: journalism ethics and the public interest*. Boulder, Colo.: Westview Press.

Jalbert, P. L. (1995). Critique and analysis in media studies: media criticism as practical action. *Discourse & Society, 6*(1), 7-26.

Jørgensen, M., & Phillips, L. (2002). *Discourse analysis: as theory and method*. London: Sage.

Jucker, A. H. (1986). *News interviews: a pragmalinguistic analysis*. Amsterdam, Ntherlands: J. Benjamins.

Kearsley, G. P. (1976). Questions and question asking in verbal discourse: a cross-disciplinary review. *Journal of Psycholinguistic Research, 5*(4), 355-375.

Kress, G. (1979). The social values of speech and writing. In Fowler, R., Hodge, B., Kress, G., & Trew, T.(Eds.), *Language and control* (pp. 46-62). London: Routledge & Kegan Paul.

Kress, G., & Fowler, R. (1979). Interviews. In Fowler, R., Hodge, B., Kress, G., & Trew, T.(Eds.), *Language and control* (pp. 63-68). London: Routledge & Kegan Paul.

Lewis, J., & Wahl-Jorgensen, K. (2004). Images of citizenship on television news: constructing a passive public. *Journalism Studies, 5*(2), 153-164.

Line-han, C., & Mccarthy, J. (2000). Positioning in practice: understanding participation in the social world. *Journal for the Theory of Social Behaviour, 30*(4), 435-453.

Ljunggren, C. (2003). The public has to define itself: Dewey, Habermas, and Rorty on democracy and individuality. *Studies in Philosophy and Education, 22*, 351-370.

Merritt, D., & McCombs, M. (2004). *The two W's of journalism: The why and what of public affairs reporting*. Mahwah, New Jersey: Lawrence Erlbaum Associates.

Merritt, D. (1995). *Public journalism and public life: why telling the news is not enough*. Hillsdale, NJ: Lawrence Erlbaum Assocs.

Martínez E. R. (2003). Accomplishing closings in talk show interviews: a comparison with news interviews. *Discourse Studies, 5*(3), 283-302.

McHoul, A., & Rapley, M. (2001). *How to analyse talk in institutional settings: a casebook of methods*. London: Continuum.

MacIntyre, A. (1984). *After virtue: a study in moral theory*. Indiana: University of Notre Dame Press.

McManus, J. H. (1994). *Market-driven journalism: let the citizen beware?* Thousand Oaks: Sage.

McNair, B. (2000). *Journalism and democracy: an evaluation of the political public sphere*. London: Routledge.

McNair, B. (1999). *News and journalism in the UK: a textbook*. (3rd ed.). London: Routledge..

Miller, G. (1997a). Toward ethnographies of institutional discourse: proposal and suggestions. In Gale Miller & Robert Dingwall (Eds.), *Context and method in qualitative research* (pp.155-171). London: Sage.

Miller, G. (1997b). Building bridge: the possibility of analytic dialogue between ethnography, conversation analysis and Foucault. In David Silverman (Ed.), *Qualitative research: Theory, method and practice* (pp. 24-44). London: Sage.

Nichols, S. L. (2003). *Public journalism: evaluating the movement's trajectory through institutional stages of development in the journalistic field*. Doctoral dissertation. University of Wisconsin-Madison.

Nielsen, M. F. (2006). 'Doing' interviewer roles in TV interviews. In Mats EkstrÖm, Åsa Kroon & Mats Nylund (Eds.). *News from the interview society*. (pp. 95-120) Sweden: Nordicom.

Ohara, Y., & Saft, S. (2003). Using conversation analysis to track gender ideologies in social interaction: toward a feminist analysis of a Japanese phone-in consultation TV program. *Discourse & Society, 14*(2), 153-172.

Ohara, Y. (2002). Ideolog of language and gender: a critical discourse analysis of Japanese prescriptive texts. In Michael Toolan (Ed.), *Critical discourse analysis: Critical concepts in linguistics* (pp. 273-286). London: Routlege.

Pomerantz, A., & Fehr, B. J. (1997). Conversation analysis: an approach to the study of social action as sense making practices. In Teun A. van Dijk(Ed.), *Discourse as social interaction* (pp.64-91). London, Thousand Oaks, & New Delhi: Sage.

Pomerantz, A. (1988). Offering a candidate answer: an information seeking strategy. *Communication Monographs, 55*, 360-373.

Potter, J. (2000). Post-cognitive psychology. *Theory and Psychology, 10*(1), 31-37.

Potter, J. (1997). Discourse analysis as a way of analyzing naturally occurring talk. In David Silverman (Ed.), *Qualitative research: theory, method and practice* (pp. 144-60). London: Sage.

Potter, J., Edwards, D., & Wetherell, M. (1993). A model of discourse in action. *American Behavioral Scientist, 36*(3), 383-401.

Potter, J., & Wetherell, M. (1987). *Discourse and social psychology: Beyond attitudes, and behaviour*. London: Sage.

Psathas, G. (1995a). "Talk and social structure" and "studies of work". *Human Studies, 18,* 139-155.

Psathas, G. (1995b). *Conversation analysis: the study of talk-in-interaction*. Thousand Oaks, Calif.: Sage.

Rhodes, S. C. (1993). Listening: a relational process. In A. D. Wolvin, & C. G. Coakley (Eds.). *Perspectives on listening* (pp. 217-240). Norwood, NJ: Ablex Publishing.

Richardson, F. C., Rogers, A., & McCarroll, J. (1998). Toward a dialogical self. *American Behavioral Scientist, 41*(4), 496-515.

Roth, A. L. (1998). Who makes the news? Descriptions of television news interviewees' public personae. *Media, Culture & Society, 20*, 79-107.

Scannell, P. (1996). *Radio, television and modern life: a phenomenological approach.* Oxford, UK: Blackwell.

Scannell, P. (1991). Introduction: the relevance of talk. In Paddy Scannell (Ed.), *Broadcast talk* (pp. 1-13). London: Sage.

Schegloff, E. A. (1999). Discourse pragmatics, conversation analysis. *Discourse Studies, 1*(4), 405-435.

Schegoloff, E. A. (1993). Reflections on talk and social structure. In Deirdre Boden & Don H. Zimmerman (Eds.). *Talk and social structure: studies in ethnomethodology and conversation analysis*(pp. 44-70). Oxford: Polity Press.

Schlesinger, P. (1978). *Putting 'reality' together.* London: Methuen.

Schudson, M. (2003). *The sociology of news.* New York: Norton.

Schudson, M. (1994). Question authority: a history of the news interview in American journalism, 1860s-1930s. *Media, Culture & Society, 16*, 565-587.

Scollon, R. (1998). *Mediated discourse as social interaction: a study of news discourse.* London: Longman.

Splichal, S. (1999). *Public opinion: developments and controversies in the Twentieth Century.* Lanham, Md. : Rowman & Littlefield.

Stokoe, E. H., & Smithson, J. (2001). Making gender relevant: conversation analysis and gender categories in interaction. *Discourse & Society, 12*(2), 217-244.

Stubbe, et al. (2003). Multiple discourse analyses of a workplace interaction. *Discourse Studies, 5*(3), 351-388.

Svenneving, J. (2004). Other-repetition as display of hearing, understanding and emotional stance. *Discourse Studies, 6*(4), 489-516.

Taylor, S. (2001a). Locating and conducting discourse analytic research. In Margaret Wetherell, Stephanie Taylor, & Simeon J. Yates (Eds.). *Discourse as data: a guide for analysis* (pp. 5-48). London: Sage in association with The Open University.

Taylor, S. (2001b). Evaluating and applying discourse analytic research. In Margaret Wetherell, Stephanie Taylor, & Simeon J. Yates (Eds.). *Discourse as data: a guide for analysis* (pp. 311-330). London: Sage in association with The Open University.

ten Have, P. (1999). *Doing conversation analysis: a practical guide*. London: Sage.

Teo, P. (2000). Racism in the news: a critical discourse analysis of news reporting in two Australian newspapers. *Discourse & Society, 11*(1), 7-49.

Titscher, S., Meyer, M., Wodak, R., & Vetter, E. (2000). *Methods of text and discourse analysis* (J. Bryan Tran.). London: Sage.

Tolson, A. (2001). "Authentic" talk in broadcast news: the construction of community. *The Communication Review, 4,* 463-480.

van Dijk, T. A. (2001). Multidisciplinary CDA: a plea for diversity. In Ruth Wodak & Michael Meyer (Eds.), *Methods of critical discourse analysis* (pp.95-120). London; Thousand Oaks; New Delhi: Sage.

Van Dijk, T. A. (1991). Media contents: the interdisciplinary study of news as discourse. *Handbook of Qualitative methodologies for mass communication research*, p. 108-120.

van Dijk, T. A. (1988a). *News as discourse*. New Jersey: Lawrence Erlbaum Associates.

van Dijk, T. A. (1988b). *News analysis: case studies of international and national news in the press*. New Jersey: Lawrence Erlbaum Associates.

Verschueren, J. (1999). *Understanding pragmatics*. London: Arnold.

Weaver, D. H., & Wilhoit, G. C. (1996). *The American journalist in the 1990s: U.S. news people at the end of an era*. Mahwah, New Jersey: Lawrence Erlbaum Associates.

Wilson, T. P. (1993). Social structure and the sequential organization of interaction. In Deirdre Boden & Don H. Zimmerman (Eds.). *Talk and social structure: Studies in ethnomethodology and conversation analysis* (pp. 22-43). Oxford: Polity Press.

參考書目 161

Winch, S. P. (1997). *Mapping the cultural space of journalism: how journalists distinguish news from entertainment.* London: Praeger.

Wodak, R. & Ludwig, C. (1999). Introduction. In Ruth Wodak & Christoph Ludwig (Eds.). *Challenges in a changing world: issues in critical discourse*(pp.11-19). Wien:. Passagen Verlag.

Wodak, R. (1996). *Disorders of discourse.* London & New York: Longman.

Wolvin, A., & Coakley, C. G. (1996). *Listening.* IA: Brown & Benchmark.

Wood, L. A. & Kroger, R. O. (2000). *Doing discourse analysis: methods for studying action in talk and text.* Thousand Oaks, London: Sage.

Woodilla, J. (1998). Workplace conversations: the text of organizing. In David Grant, Tom Keenoy, & Cliff Oswick(Eds.), *Discourse and organization* (pp. 31-50). London: Sage.

Woodstock, L. (2002). Public journalism's talking cure. An analysis of the movement's "problem" and "solution" narratives. *Journalism, 3*(1): 37-55.

Wooffitt, R. (2005). *Conversation analysis and discourse analysis: a comparative and critical introduction.* London: Sage.

Wooffitt, R., & Clark, C. (1998). Mobilizing discourse and social identities in knowledge talk. In Charles Antaki and Sue Widdicombe(Eds.). *Identities in talk*(pp.121-150). London, Thousand Oaks, & New Delhi: Sage.

Zimmerman, D. H. (1998). Identity, context and interaction. In Charles Antaki and Sue Widdicombe(Eds.). *Identities in talk*(pp.87-106). London, Thousand Oaks, & New Delhi: Sage.

Zimmerman, D. H., & Boden, D. (1993). Structure-in-action: an introduction. In Deirdre Boden & Don H. Zimmerman (Eds.), *Talk and social structure: studies in ethnomethodology and conversation analysis* (pp. 3-21). Oxford: Polity Press.

附錄一　受訪者基本資料及受訪時間

受訪者代號	與新聞訪問相關之職務	新聞相關資歷	受訪時間
01	電視新聞主播（兼製作人）	國際事務總監、電視新聞製作人兼主播	96/03/01 96/05/31
02	廣播新聞節目主持人	報社記者、報社撰述委員、廣播新聞節目主持人	96/03/15 96/06/07
03	廣播新聞主播	廣播新聞編播、廣播新聞主播	96/04/04 96/05/23
04	電視新聞主播（兼製作人）	電視新聞記者、電視新聞製作人兼主播、新聞節目主持人	96/04/06 96/07/10
05	電視新聞主播（兼製作人）	電視新聞製作人兼主播	96/04/28 96/07/21
06	電視新聞主播（兼製作人）	報社記者、電視新聞編輯主任、電視新聞製作人兼主播、	96/05/02 96/06/28
07	曾任廣播及電視新聞節目主持人	廣播記者、廣播編譯、報社記者、新聞雜誌編輯、報社編採中心採訪主任、電視新聞部總監、電視及廣播新聞節目主持人	96/05/08 96/06/12
08	廣播新聞主播	報社記者、廣播電台新聞編播、電視新聞記者、新聞部主播	96/06/13 96/07/13
09	電視新聞主播	電視新聞主播	96/06/20
10	曾任廣播及電視新聞節目主持人	報社記者及召集人、網路報採訪中心主任、廣播電台主持人、電視新聞節目主持人	97/5/21 97/6/25

附錄二　對話過錄符號說明

（修改自 Gail Jefferson 的對話過錄符號，

參考來源：Hutchby & Wooffitt, 1999）

[電台及節目名稱：個案編號：節目播出日期]	方框內文字表示研究者之過錄來源。
Q	表示訪問者所言，不代表問題。並視呈現所需，加上編號表示順序，如 Q1。
A	表示受訪者所言，不代表答案。並視呈現所需，加上編號表示順序，如 A1。
→1	每行數字前之箭號表示文中分析之言談番
→	話語中之箭號表示小結轉換，或指示代名詞指涉之方向
斜體字	斜體字表示文中分析之部分話語（包括小結轉換部分，及指示代名詞的指涉部分）
(.)	括弧內一點表示言談中的停頓少於 0.12 秒
（1秒）	括弧內數字表示停頓之秒數
=	等號表示對話延續
[ ]	方括弧內表示重疊的話語
( )	空括弧表示錄音／影帶中的話語無法清楚辨認
（猜想）	括弧內的字表示研究者對那些無法清楚辨認話語的猜測
(( ))	雙括弧內的字表示對非口語活動的描述
例	底線表示說話者強調該字

例　　加黑之字其比周圍的其他言談在音量上有明顯的大聲

°例°　　在°°之間的字表示其比周圍的其他言談在音量上有明顯
　　　　的小聲

＜＞　　在＜＞之間的字表示其比周圍的其他言談在速度上明
　　　　顯較慢

＞＜　　在＞＜之間的字表示其比周圍的其他言談在速度上明
　　　　顯較快

，　　　表示繼續的語調

。　　　表示停止。但不一定是句子的結束。

？　　　表示語調上揚。

！　　　表示強調的語調

……　　表示在報告中省略之言談

[ ]　　　在[ ]之間的字為文意補充說明

附錄三　台灣小姐電視新聞訪問過錄稿內容[1]

> 訪問者：以下以 Q 代表。與受訪者 A 互動者的言談則以標楷體顯示
> 受訪者：高菁徽（以下以 A 代表）、潘逢卿（以下以 B 代表）
> 播出日期：2003/12/28
> 編號說明：訪問者與受訪者 A 互動之主要問題以編號顯示；訪問者與 B 之
> 　　　　　訪問互動以虛線區隔開。

Q：（　）史第二屆的台灣小姐第一名是高菁徽，高菁徽在今天順利遞補了后冠，
　　不過，在這之前引發了一連串高菁徽，是陪酒小姐的傳聞，主辦單位今天
　　以沒有證據為由，還是讓高菁徽拿下了后冠，東森新聞在今天晚間獨家專
　　訪了高菁徽，她將說明為什麼，會爆發這一連串，對她不利的傳聞。當然
　　在這之前，我們先來看，今天一名自稱是高菁徽姊姊的前男友，＞張姓男
　　子＜，他對高菁徽的指控。

報導旁白：高菁徽的遞補后冠之路真是一點也不平順，先是報紙爆料說她
　　　　　　曾經在酒店陪酒，接著就有證人出面指認。曾是高菁徽姊姊男
　　　　　　朋友的男子張佐伍就爆料，高菁徽民國八十八年在日本大阪的
　　　　　　和歌山酒店陪過酒，月入高達十萬元，民國八十九年回台灣，
　　　　　　又繼續在姊姊所開的小酒館內陪酒，根本就不是高菁徽自己所
　　　　　　說的，只是個會計而已。

---

[1]　依問題內容，我們可劃分出四個次訪問主題，包括：（一）受訪者 A 是否
　　有陪酒（Q1-Q8）；（二）受訪者 A 的個人心情（Q9-Q12 與 Q14-Q16）；（三）
　　受訪者 A 的未來計畫（Q17、Q20）；（四）受訪者 A 對台灣小姐選美遭受
　　批評的看法（Q18 與 Q19）。

記者：這裡是高菁徽二姊所開的酒店，十二月二十八號是高菁徽遞補后冠的日子，

Q：是，首先為您介紹是在第二屆台灣小姐高菁徽，今天順利遞補后冠了，這個，你好，高小姐

A：你好，大家好。

Q：是，再來介紹的是。這個主辦單位的理事長，潘逢卿理長，您好。

B：大家好。

Q1：我們知道說，在今天有個張先生出面指控喔，首先我想請教的是高小姐，當然我知道您這幾天已經，被很多媒體問了同樣的問題了喔，不過，我還是想請問，因為，在您之前所回答各家媒體的時候，事實上，這個焦點並沒有很明確喔。張先生到底是您，什麼人？是什麼樣的關係，他是你姊姊的前男友嗎？

A1：是的，他是我姊姊的前男友，但是我姊姊的，私生活我，從來不過問，因為他大我十一歲，那:::我只知道有一個張先生這樣，我跟他不熟。

Q2：嗯哼，不過他今天有提出了一個身份證哦，您過去，並不是叫這個名字，他說您過去叫做高鈴雅，是改過名字的喔。這一點是真的嗎？那個身份證上所謂，您過去的名字真的叫高鈴雅嗎？

A2：是呀，但是我所有的同學好朋友都知道，我的，我以前的名字，那他們也知道我為什麼改名，那我覺得這不是，他跟我特別熟識的一個理由。

Q：　　　　　　　　嗯嗯。

Q3：OK，我知道這，呃過去這一段時間發生了很多這個陪酒的風波喔，當然很多人都在問，嗳↑高菁徽今天到底有沒有去陪酒過呢？之前您接受媒體採訪的時候有說，這個，您姊姊所開設的這一家是酒館而不是酒家，而且這是維持生計嘛，所以開家酒館，無可厚非，針對這一點呢，這個，張先生所提出來說，他很明確指出啊，她說，高菁徽確實就是在＜日本陪酒過＞，他的人事時地物都提出來了。針對這一點。您要反駁還是說，其實，沒錯，就是這個樣子。

A3：當然我要反駁，但是我覺得我已經在各大媒體說過很多話。那我覺得，就算我再說什麼（.）

Q：是。

A：都是已經造成對我家人還有我的傷害。

Q4：嗯哼，所以您今天可以很確切地說，嗳↑我高菁徽就是沒有陪酒，你，你可以這麼說嗎？

A4：可以啊。

Q5：嗯哼。但是喔，之前我知道說嗯::媒體有訪問過您嘛，但是您也有坦承說事實上在酒館的時候，您擔任會計的這個工作。你:確實沒有陪酒這一點你有說明喔，不過但是，你你說。

A5：對因為，其實我覺得在那邊，幫忙的時候（.）我，我也會跟客人聊天打招呼啊，因為我要買單有時候客人也是會跟我，殺價。

Q6：嗯哼（.）是。我可能有一些問題會比較尖銳跟敏感一點哦，那你跟客人之間的::最，接觸的親密動作可能到，哪一個，範圍呢？

A6：我想應，沒有耶，沒有沒有親，親密接觸。

Q7：嗯哼，因為也有傳聞說，可能也是偶爾會坐下來啊，算個帳所以跟客人也是蠻接近的。因為可能就是有這一些行為所以外界才有這樣的傳聞。

A7：其實我覺得（.）他們可能比如說他們想要，動手的時候你可以回手啊。

Q8：嗯哼，那過去曾經發生過這樣的事情嗎？

A8：其實沒有，我覺得，他們那邊的人都蠻好的，都很尊重，尊重我們，而且他，知道我是老闆娘的女兒他們都不敢，呃，的那個妹妹所以他們都不敢怎麼樣。

Q：OK，我知道理事長是在這一件事情爆發之後你非常地挺高菁徽喔，甚至在今天你非常大方地說，我就是要讓高菁徽持續的，這個，拿下這個后冠，

你說你非常坦蕩喔，而且你也認為說你在之前已經確認過了，的確她過去是沒有這樣的行為喔，這一點您是可以做一個說明嗎？

B：呃::我是覺得喔一個女孩子今天如果哦，有沒有陪酒或是在做特殊行業，她的質感上或她的說話態度我們都可以看得出來，整個質感是完全不同的。高菁徽，我們一路過來，從她報名開始喔，我們曾經一個，整整快半年的活動裡面，她真的非常的優雅，而且喔跟協會的那一些我們的那一些佳麗都非常好，而且重點是她的內涵非常的不錯。而且她在說話上都很不願意去傷害到別人，很有愛心，我們的活動她都盡量的配合，真的是非常不可多得的。

Q9：高小姐今天在戴上后冠的時候紅了眼眶喔，突然之間覺得這個后冠好沉重喔。這一連串喔，這一陣子以來，明明您自己覺得是非常清白，但是卻被人家講成是陪酒喔。尤其我記得你之前只要一提到你姊姊，人家說你姊姊是開酒家的，你就會很生氣說，不是酒家是酒館喔，你還流下眼淚，為什麼呢？那個時候你腦子裡想的是什麼東西，為什麼讓你流下眼淚？

A9：我腦子裡想的其實就是，我姊姊這麼辛苦的，養家。在，在我爸爸離開之後，我姊姊，那時候還在唸高中，她就去炸雞店打工。一個月只賺七千塊，那為了多賺五百塊。就去買一條口紅每天擦口紅，這樣就可以多領五百塊的治裝費，那她把這，七千五百塊，有五六千塊都是拿給媽媽，那自己留，那一千多塊就是自己的，每一個月的，吃飯錢。那她是一個很有責任感的人，所以因為我媽媽是家庭主婦，那，家庭主婦，怎麼可以獨立，撫養五個孩子呢？所以變成說，我可能就是從國中高中專科，的學費是，是我媽媽出的沒錯，可是我媽媽的錢哪裡來呢？就是從我姊姊那邊來的，我。

Q10：嗯哼，你這一陣子走過來你發現說這一路走來怎麼這麼難，你會不會有這樣的想法，覺得嘰，你的打工錢學費都是自己賺，可是你這一陣子你

　　出來第二名碰到第一名，結果卻面對，這樣子的污告，你覺得這是一種抹黑喔，你是為你姊姊心疼還是為自己的委屈而流淚呢？

A10：我是，為我，家人，而心疼。我覺得我的家人，真的是，非常非常的好。那我姊姊就像，我媽媽一樣這樣子的照顧我，所以我覺得她開那個店。維持生計並沒有什麼不對。

Q11：坦白說這一陣子這些委屈喔跟心疼有沒有讓你在午夜夢迴的時候，讓你留下眼淚？那個時候你心裡想的是什麼？你有沒有想過一些反擊的動作，那個委屈到底是什麼感覺？

A11：有啊，我這從兩天前開始我現在晚上，因為我，自己覺得我是一個很開朗的人，我不會把煩惱放到第二天的人，但是，這幾天真的讓我感受到世間，人情的冷暖，那我，我的朋友，我的同學，從國中高中，專科到我貿易公司的同事，他們都，每天每天打電話來支持我，然後，怕我一個人，想不開，請他們老公送東西來給我吃。每天每天都是打電話鼓勵我，我覺得非常非常感動，我想在這邊，也謝謝各位，各位朋友的關心。

Q12：嗯哼，那你姊姊怎麼看呢，聽說你姊姊好像蠻生氣的喔，這一段時間也因為你的事情喔，讓她好像也忙的不可開交這樣子，你心裡是怎麼看這件事情的？

A12：其實我對，姊姊一直跟我道歉但是，我也對姊姊不好意思，因為是今天我來參加這個選美，人家把矛頭指向我，那影響到姊姊，那我也很擔心她店裡的生意，因為這，畢竟是，她的生計。

Q：嗯哼（.）OK，不過我想請教一下，現在這個第一名的劉安納比較沒有跟外界聯繫喔，我想先請教一下理事長，目前您知道劉安納小姐她現在人到底在哪裡？那麼在於現在今天這個高小姐已經遞補這個拿下后冠之後，>你知道劉安納她心裡的想法嗎？<

B：嗯，現在安納呃::據我所知應該是在國外了喔，她有傳呢，傳那個，傳真
　　給我，當然她，她很愛惜她的頭銜，她說嗯理事長，我這個第，你摘下我
　　的后冠我怎麼回，怎麼有臉見人，喔。她，她也是申訴說她得到這個后冠，
　　真的是她一路，努力過來的，喔。對外界給她的說她會嫌，或者是說，好
　　像她嗯花了大錢在，在這個方面她覺得很受委屈，她說大家應該看得到她
　　的努力，我們大家也都看得到她的努力這樣子。

Q：是，我記得理事長曾經說過一句話喔，就是在爆發這個高小姐的陪酒風波
　　之後，您說，我絕對相信我自己的佳麗，不過今天看來，劉安納也曾經為
　　她自己，過去喔也有人，曾經為她說過話，反駁過，不過似乎看來您選擇
　　相信高菁徵而沒有選擇相信劉安納。這個原因是，有這樣的說法。

B：　　　　　　　　　　　　　　　　　　　喔，我，我不曉得選擇
　　相信劉安納是，我們相信劉安納她自己本身的努力還有她的成，成果喔。

Q：是。

B：那::這一次安納的事情我想應，應該大家都看得出來是媽媽的，噯::債務的
　　風波波及到她。那這一次我們會摘后冠我們也不是說因為他們家的事情
　　來，來作定奪，我們是以她，往後，無法履行她的，那個台姐的義務來，
　　來摘她的后冠，是這樣子，對。

Q13：是，那慶高小姐在這個::遞補后冠之後有跟劉安納小姐接觸過嗎？有跟
　　　她談談內心世界的，真正的想法嗎？

A13：沒有，我在之前的活，我們都是在活動的時候見面的。那我個人是非常
　　　肯定她，她是一個很活潑外向，然後，比較，喜歡，比較喜歡，就是很
　　　有自信的一個女孩子，那我覺得這樣子沒什麼不對，那::她比較活潑外
　　　向可能家境不錯那造成，人家對她的一些誤解。

Q14：是，不過我看喔，這個往後可能會有一個現象，這個現在是什麼呢？在
　　　今天高菁徵小姐順利，拿下了這個后冠之後，往後面對的問題可能會更

多喔，我冒昧的請教就是，往後可能些人會說噯↑高菁徽這個過去曾經鬧過陪酒風波嘛喔。如果有這樣的傳聞喔，或是有在類似的話題又同樣蹦出來的時候，你呢，你怎麼來看？還有，你如何＜再來回顧，再來面對這一個張先生今天曾經這樣指控你，你的委屈，在那裡？＞

A14：其實我覺得，我並不想要出，出名。我也不想再多解釋什麼。我覺得我的個性，我就是，想要嫁做人婦這樣子而已。

Q：嗯嗯。

A14：所以變成說，我不想要再澄清是因為，媒體這樣的炒-炒作，讓我以後的路，＜可能會走的更辛苦＞。

Q15：你私下為了這件事情流過多少眼淚？有嗎？

A15：因為都是昨天以前的事情，那我今天。我，我已經在，加冕晚會上，呃，在加冕的時候我已經流，流不出眼淚。

Q16：怎麼說呢？（.）我記得有耶，我記得你今天拿到那后冠的時候，曾經有說啊這個后冠，好沉重喔，那也是有人想要抹黑我，我記得你有講過這樣的話。

A16：其實我覺得，今天就算沒有后，后冠我還是我，我還是這樣的個性。

Q17：嗯哼嗯哼，那未來有沒有什麼樣的計劃，你的男朋友知道這所有的事情嗎？

A17：他知道啊，他跟我說，你，你第一名第二名都不要來，你來找我，讓我照顧你。但是我跟他說這不是，第幾名的問題，是我不能背負這個罪名去日本找你。

Q：嗯哼嗯哼，不過我們來看喔，前中國小姐凌蕙蕙曾經對這一次台灣小姐有一些不同的意見，她說她覺得現在台灣小姐選的是，外貌但是卻缺少了內涵，也就是選外在美但是卻不選，內在美，我想首先請教理事長，這件事情你怎麼來看？

B：呃我想她的:::。她的回，回答我覺得我不是很滿意，喔﹒可以這樣說喔。＝

IR：　　　　　　　　　　　　　　　　　　　　　　嗯嗯

B：＝其實我們真的是內外皆美，我們是這樣子在，在選佳麗的喔。因為每一
　　個佳麗她，除了對自己的自信之外，重要一點她自己要一個愛，一顆愛心。
　　我們台灣小姐選出來不是說呢::要去，呃:::我們是以公益活動為主，還有
　　為台灣的一個一些觀光產業，或者是我們的外交，或者是我們的一些公益
　　慈善活動來做這種義務的工作這樣子。

Q：所以你覺得她講的其實只是個人的看法﹒但（不客觀）這樣子。

B：　　　　　　　　　　　　　　　　　個人看法對對對

Q18：那麼高小姐如果被人家，有可能這樣子的一個言論說現在的台灣小姐選
　　　的是外在美而不是選的是內在美喔，在您聽到這樣的言論的時候你心裡
　　　面的衝擊呢？°你怎麼看？°

A18：其實我覺得事情，事情可以，怎麼講，我們的佳麗都非常非常的，好，也
　　　非常的參加公益活動。今天我們從之前七月二十七號決賽之後到現在，我
　　　們參加所有的公益活動，我們都是義務的，我們花時間，自己打扮自己，
　　　然後，來參加這個活動，我們都沒有任何的要求，就是純粹為台灣做事＝

Q：　　　　　　　　　　　　　　　　　　　　　　　　我想問一下

A：＝這樣子。

Q19：OK，我想問一下，現在外界有在傳聞說，現在選美這個連機智問答都
　　　會洩題喔，它有一些弊端存在。您自己現在正是第一名的台灣小姐你怎
　　　麼看。你覺得這個，這個選，這個，公正嗎？

A19：公正啊，因為，我們的題目有＜五十題＞，它是有事先告訴我們沒有
　　　錯。但是它給我們的時間也很短，不到一個月，那五十題的範圍非常
　　　非常的大，你要如何，表現。就算你五十題都背好答案，當場的臨場
　　　反應也可能緊張得說不出話來。那如果說同樣的話重複，重複了兩

次，那可能就被扣分了。所以這，我覺得這不是，不是，一個放水的。呵呵。

Q：OK，理事長呢，你怎麼看，對外界這樣說。

B：嗯，我應該這樣子講喔，我們有一個機智問答的訓練，喔我們算是給佳麗一個機會讓她能夠喔，上知，上知天文下知地理去蒐，廣泛地蒐集她的一些資訊，因為每一個佳麗的回答完全都不同。喔我們要讓她，讓評審也看得到她的美之外還有她本身，她的本身的內涵。所以我是讓她有充分的時間去蒐集資訊這樣子，也是給她們一個再學習的機會，吸收知識的機會，這個樣子。

Q：所以您強調這是絕對公正的。

B：公正，每一個佳麗的題目都完全一樣對。

Q20：是，是，我們今天喔首先當然要恭喜的就是高小姐在您今天順利遞補了這個后冠，也拿下了台灣小姐的第一名，當然您今天也說了您曾經以及強調，所有陪酒的事情喔都是傳聞喔，不過我最後一個問題還是想請教高小姐未來，你這一條路你打算怎麼走下去，還有，你會在意以後，往後別人的眼光嗎？

A20：我想，我現在已經，我已經說明了所以我不會在意別人的眼光，那我今後，我會::我跟所有的佳麗都會，參加這項的公益活動以及推動台灣的觀光，來證明我們是純粹想為台灣做一點事。

Q：OK，好。我們今天非常謝謝高菁徽高小姐來參加我們的東森新聞的獨家專訪，也謝謝理事長來接受我們的獨家專訪，當然我們也祝福你，高小姐。

A：謝謝您，謝謝。

國家圖書館出版品預行編目

從論述角度探析廣電新聞訪問者的現實與理想 /
江靜之著. -- 一版. -- 臺北市 ： 秀威資訊
科技, 2009. 03
　　面 ；　　公分. -- (社會科學類 ；AF0108)
BOD 版
參考書目：面
ISBN 978-986-221-202-8 (平裝)

1. 採訪 2. 新聞記者 3. 訪談

895　　　　　　　　　　　　　　　98004641

社會科學類　　AF0108

從論述角度探析廣電新聞訪問者
的現實與理想

作　　者 / 江靜之
發 行 人 / 宋政坤
執行編輯 / 林世玲
圖文排版 / 姚宜婷
封面設計 / 李孟瑾
數位轉譯 / 徐真玉　沈裕閔
圖書銷售 / 林怡君
法律顧問 / 毛國樑　律師
出版印製 / 秀威資訊科技股份有限公司
　　　　　　台北市內湖區瑞光路 583 巷 25 號 1 樓
　　　　　　電話：02-2657-9211　　　　傳真：02-2657-9106
　　　　　　E-mail：service@showwe.com.tw
經 銷 商 / 紅螞蟻圖書有限公司
　　　　　　台北市內湖區舊宗路二段 121 巷 28、32 號 4 樓
　　　　　　電話：02-2795-3656　　　　傳真：02-2795-4100
　　　　　　http://www.e-redant.com

2009 年 3 月 BOD 一版
定價：210 元

讀 者 回 函 卡

感謝您購買本書，為提升服務品質，煩請填寫以下問卷，收到您的寶貴意見後，我們會仔細收藏記錄並回贈紀念品，謝謝！

1. 您購買的書名：_____

2. 您從何得知本書的消息？

　　□網路書店　□部落格　□資料庫搜尋　□書訊　□電子報　□書店

　　□平面媒體　□ 朋友推薦　□網站推薦　□其他_____

3. 您對本書的評價：(請填代號　1.非常滿意 2.滿意 3.尚可 4.再改進)

　　封面設計____　版面編排____　內容____　文/譯筆____　價格____

4. 讀完書後您覺得：

　　□很有收獲　□有收獲　□收獲不多　□沒收獲

5. 您會推薦本書給朋友嗎？

　　□會　□不會，為什麼？_____

6. 其他寶貴的意見：_____

_____

_____

_____

讀者基本資料

姓名：_____　年齡：_____　性別：□女 □男

聯絡電話：_____　E-mail：_____

地址：_____

學歷：□高中(含)以下　　□高中　　□專科學校　　□大學

　　　□研究所(含)以上 □其他_____

職業：□製造業 □金融業 □資訊業 □軍警 □傳播業 □自由業

　　　□服務業 □公務員 □教職　□學生 □其他_____

To：114

台北市內湖區瑞光路 583 巷 25 號 1 樓

秀威資訊科技股份有限公司　　　收

寄件人姓名：

寄件人地址：□□□

- -

（請沿線對摺寄回,謝謝!）

秀威與 BOD

BOD（Books On Demand）是數位出版的大趨勢,秀威資訊率先運用 POD 數位印刷設備來生產書籍,並提供作者全程數位出版服務,致使書籍產銷零庫存,知識傳承不絕版,目前已開闢以下書系:

一、BOD 學術著作—專業論述的閱讀延伸
二、BOD 個人著作—分享生命的心路歷程
三、BOD 旅遊著作—個人深度旅遊文學創作
四、BOD 大陸學者—大陸專業學者學術出版
五、POD 獨家經銷—數位產製的代發行書籍

BOD 秀威網路書店：www.showwe.com.tw
政府出版品網路書店：www.govbooks.com.tw

　　永不絕版的故事・自己寫・永不休止的音符・自己唱